青嵐を斬る

居眠り同心 影御用10

早見 俊

時代小説

二見時代小説文庫

青嵐《せいらん》を斬る——居眠り同心 影御用10

目次

第一章　命の嘆願

一

文化《ぶんか》十年（一八一三）はひときわ寒かった。

睦月《むつき》、如月《きさらぎ》の半ばあたりまで薄ら寒い日が続き、今年は桜が咲かないなどと言われたりしたものだ。ところが、日輪はあまねく世の中を照らし、日に日に春の息吹《いぶき》が感じられるようになった。弥生《やよい》ともなると、心配された桜も見事に花を咲かせている。

北町奉行所同心蔵間源之助《くらまげんのすけ》も春の訪れを心から楽しんでいる一人だ。

背は高くはないががっしりした身体、日に焼けた浅黒い顔、男前とは程遠いいかつい面差《おもざ》し、一見して近寄りがたい男である。両御組姓名掛《りょうおんくみせいめいがかり》、これが源之助が所属する部署だ。南北町奉行所の与力、同心の名簿を作成することを役目としている。与力、同心たちや身内の素性を記録する。赤ん坊が産まれたり、死者が出たり、嫁を迎えたりする都度、それを記録していく。

強面《こわもて》の源之助にはおおよそ不似合いな至って平穏な職務である。はっきり言って閑職だ。それが証拠に南北町奉行所を通じて源之助ただ一人ということがそのことを如実に物語っていた。

ために居眠り番、と陰口を叩かれている。

非番となった弥生一日、元南町奉行所同心山波平蔵《やまなみへいぞう》に誘われ、向島《むこうじま》に釣りにやって来た。菅笠《すげがさ》を被り、紺無地の小袖を着流すという気楽な格好だ。山波は源之助の前任者、源之助に後任を譲ってからは隠居し、悠々自適の日を送っている。

特別、釣りがしたいと思ったことはないが、河岸で釣り糸を垂らしているとなんとなく心豊かになってくる。墨堤《ぼくてい》は桜並木が続き、それを愛《め》でようと大勢の男女が行き交《か》っている。

「まさしく、春爛漫《らんまん》ですな」

山波は大きく伸びをした。

「まこと、よき日和《ひより》でございます」

源之助も応じる。居眠り番になって以来、暇を持て余しているものの、いざ、釣りへ行くとなるとその機会がなかった。今日こうして釣り糸を垂らしてみると、これからはちょくちょくやってみたくなる。

「蔵間殿、無理にお誘いしたが、心苦しくはございませんか」

「誘っていただき、まことに感謝申し上げる。実にいいものですな」

本心であることを示すように気持ち良さそうに空を見上げた。

「そう言っていただけると誘い甲斐もあるというものです。世の中では、釣り人というのはまことの馬鹿だと言われておりますよ。東西の馬鹿の番付で東の横綱だそうです」

山波は楽しげに両眼を細めた。

「西の横綱はなんですか」

「醤油を三升飲んで死んだ男だそうですよ」

「ほう、それはずいぶんと無茶をやる男もいるものですな。釣り人はそんな馬鹿と比較されるのですか」

「釣り糸を垂らして、じっと日がな一日過ごすなどということの馬鹿さ加減を申しておるのでしょうな」

「なるほど」

ふと、自分の暮らしを思った。今日に限らず、ひねもす、暇を味わいながら過ごしている。暇に時を過ごすのは、源之助にとっての日常なのだ。そんな自分が、わざわざ釣りで暇を味わうこともないのだが。

すると、

「おおっ」

山波の口から素《す》っ頓狂《とんきょう》な声が漏れた。

「いかがされた」

首を横に向けると、

「引いてますぞ」

山波に注意され、自分の竿がしなっていることに気が付いた。途端《とたん》に、胸が高鳴る。確かな手応えだ。

「こりゃ、大物ですぞ」

山波も興奮していた。竿が弓のようにしなっている。見る見る源之助の顔も紅潮した。

「加勢申す」

山波は自分の竿を置き、源之助の傍らに立つとそっと竿に手をかけた。源之助は立ち上がり山波と二人がかりで竿を操る。水面に踊るような飛沫《しぶき》が立っている。魚は相当に大きいようだ。

鮒か鯉か。なかなかに手強《てごわ》い。

「焦りは禁物」

山波が耳元で囁《ささや》く。そう言われても肩に力が入ってしまう。そんな源之助に山波が肩の力を抜き、魚の動きに合わせて竿を引いたり止めたりを繰り返せと言う。言われた通りやってみるのだが、うまくいかない。それどころか、魚に逃げられるのではないかという心配と恐怖心で、つい力ばかりが入ってしまう。

と、ついに、

「ああっ」

気が抜けたような声を発すると同時に釣り糸がぷつんと切れた。

「あ〜あ」

山波の眉間にも皺《しわ》が刻まれた。

後悔が胸を覆う。釣り逃がした獲物は大きいというが、まさしくそんな心境だ。

「焦り過ぎました」

悔しさ一杯で反省の弁を述べる。

「まあ、こういうこともありますよ」

「しかし、心躍りましたな」

いかつい顔を綻《ほころ》ばせる。

「そうでしょう。蔵間殿、まるで子供のようにはしゃいでおられましたぞ」

「いやあ、汗顔《かんがん》の至りです」

「何も恥じ入ることはござらん。釣りをしていると童に戻ったような心持ちとなりますからな」

「まさしく」

来てよかった。釣り逃がしたが魚と格闘した時の高揚といったらない。釣りとは楽しいものだ。気持ちを切り替えて釣り糸を垂らそうとした時、

「きゃあ!」

のどけし春の昼下がりに不似合いな悲鳴が聞こえた。墨堤の方だ。見上げると堤の上で馬が暴れている。馬は人混みの中で棹立ちとなっていた。その馬に花見の女たちが恐れおののいているのだ。女ばかりではない。男たちも災難が及ばないよう慌てる余り、堤から転げ落ちる者もいた。

「暴れ馬ですな」

　山波の言葉を横目に聞く暇もなく、源之助は走りだした。それは身体が勝手に反応したといった方がいい。菅笠を取り、小袖を尻はしょりにして堤を駆け上がって行く。普段、雪駄《せった》には鉛の板を入れている。懇意にしている履物問屋杵屋《きねや》の主人善右衛門《ぜんえもん》が特別にあつらえてくれたもので、捕物や御用の際、一つでも多くの武器を手にしたいという源之助なりの工夫だが、今日は釣りとあって普通の雪駄だ。それが、幸いした。実に軽やかな足取りで堤を上がることができる。

　馬上の武士は最早《もはや》手綱を捌《さば》けるといったものではない。しがみついているだけだ。

源之助は堤に上がると、

「下がれ」

　と、男女を遠ざけてから、馬に近づく。前脚を跳ねている馬の正面に回り込むと、両手を広げて立ちはだかる。馬は何度か前脚を跳ねさせていたが、源之助が馬の轡《くつわ》を取るとやがて落ち着きを取り戻した。

「どう、どう」

　宥《なだ》めるように鼻面を撫でさすってやる。馬がおとなしくなった。

「さあ、もう、大丈夫だ」

　と、周囲に声をかけたところで堤に平穏が戻ってきた。山波もやって来て、源之助の手腕を誉め上げる。ほっと安堵したところで馬上の武士に目を向ける。武士は馬の背にぐったりとなっていて、ぴくりとも動かない。源之助は内心で武士に毒づいた。花見の時節、大勢の人間で賑わう墨堤に馬を乗り入れるとは無粋《ぶすい》であり、危険なものだ。武士なりのわけがあるのかもしれないが、非常識もはなはだしい。おまけに、馬の制御ができなくなったとはなんたる失態だろう。

一体何者だ。

幕臣か何れ《いず》かの大名家の家臣か。

「もし」

源之助は武士に声をかけた。

武士から返事はない。もう一度声をかけたが答えは返されない。すると、馬の尻尾にいる山波から、

「蔵間殿！」

甲《かん》走った声が上がった

視線を向けると、山波の目が大きく見開かれている。ただならぬものを感じて馬の背後に回る。山波の視線を追うと、武士の背中、乗馬用の打裂《ぶっさ》き羽織《ばおり》の背中に赤黒い染《し》みが広がっていた。

血だ。

源之助と山波は武士を二人がかりで馬から下ろした。武士の顔面は蒼白となっていた。源之助は武士を抱きかかえ、

「しっかり、されよ」

武士は虫の息の中、

「これを」

と、懐中から一通の書状を差し出した。源之助はそれを受け取り黙って武士を見返す。

「桂木家《かつらぎ》……　藩邸……　永田《ながた》、さま」

武士は消え入りそうな息の中、そう切れ切れに言葉を発した。

「しっかり、なされ」

もう一度励ました時、武士はがっくりとなった。背中を刺されたまま馬を走らせていたのだろう。墨堤まではどうにかやって来たものの、ついに力尽きたようだ。

「ご臨終ですな」

山波が両手を合わせた。源之助も書状を懐に入れ、名も知らぬ武士の冥福を祈った。

「どのような御仁でござろうな」

山波が言った。

「この書状を桂木家の藩邸に届けてくれと託されました。おそらくは、桂木家中ゆかりの御仁かと」

「桂木家というと、信濃《しなの》木曽《きそ》藩十万石の御城主桂木伊賀守《いがのかみ》宗盛《むねもり》さまの御家中ですな」

「外様《とざま》の雄藩。木曽源氏の流を汲む名門、家格は国持《くにもち》格です」

そう言うといやでも不穏なものを感じてしまった。春爛漫の昼下がり、のんびりと釣りを楽しんでいたのが、一転して不穏な一件に巻き込まれてしまった。このまま、この仏を捨て置くことはできない。少なくとも、素性を確かめ、野辺《のべ》の送りができるようにしてやることが武士として、人としての務めだろう。

「ともかく、桂木藩邸にまいります」

「そうですな」

山波もうなずく。

幸い下屋敷ならば向島にある。ここからはさほど遠くはない。ならば、ひとまず、この武士の亡骸《なきがら》を書状と共に運んでみよう。下屋敷の中にも心当たりのある者がいるかもしれない。源之助と山波は武士の亡骸を再び馬に乗せた。この頃になると、周囲に野次馬が群れだした。花見よりもこの騒ぎに興味を引かれている者たちも多い。

「花見じゃ、花見をせんか」

山波が野次馬を退かせる。源之助は無言で睨む。源之助のいかつい顔はこういう時にはまさしく威力を発揮する。みな、おっかなびっくりの様子で道を開けた。

「さて」

さて、今回はどんな騒動が待ち受けているのだろう。斬殺された武士。その武士に託された一通の書状。しかも、その書状の届け先は外様の名門。

いやでもただならぬものを感ずる。

風が強まったようだ。強風にあおられ、桜の花弁が舞い落ちてくる。青嵐《せいらん》を告げているようだった。

二

源之助と山波は武士を乗せた馬を引き、向島は三囲稲荷《みめぐりいなり》の裏手にある桂木家下屋敷へとやって来た。

下屋敷とあって、敷地が広く、上屋敷のようないかめしさはない。周囲を竹垣が巡り、数寄屋《すきや》風の建物や土蔵、それに畑などもあり、春の明るい陽射しの下、どこか牧歌的な雰囲気が漂っていた。とても、殺された武士が駆け込もうとしていたとは思えない。

木戸門を潜ると、畑仕事をしていた百姓たちが怪訝《けげん》な顔を向けてくる。源之助は桂木家の家臣はいないかと声をかけた。すると、野良着姿の若者が顔を上げた。よく見ると、髷《まげ》が武家風である。男は前に進み出た。

「拙者、浦河助次郎《うらかわすけじろう》と申しますが」

何か御用かという疑問を目に込めている。源之助は馬上を見やった。浦河も馬上に視線を注ぐ。すぐにはっとした表情を浮かべ、

「旗野《はたの》、旗野ではないか」

と、驚きの声を上げた。

どうやら、仏は桂木家の家臣のようだ。仏の素性がわかったところで、源之助はほっと安堵のため息を吐《つ》いた。

「これは……」

浦河は旗野が死んでいることに気が付いた。それから強い眼差しを源之助と山波に向けてきた。源之助は自分と山波の素性を告げ、墨堤で旗野の乗った暴れ馬を諌《いさ》めた経緯を語った。その上で、

「旗野殿はいまわの際《きわ》にこの書状を永田さまへと託され、力尽きたのです」

と、旗野に託された書状を差し出した。

「永田さまとはどなたでござるか」

「江戸留守居役永田将監《しょうげん》さまでござる」

浦河は書状を受け取った。

「旗野殿は江戸勤番でござるか」

「いいえ、国許で勘定方をやっております」

「すると、命がけで書状を永田さまに届けねばならぬ深い事情が国許で生じたということですか」

浦河が返事に窮したところで小者《こもの》が近寄り、そっと耳打ちをした。洩れ聞こえるところでは、永田さまがおいでになりましたということだ。

俄然、好奇心が湧いた。すると、山波が私用により先に帰ると言い出した。どうやら、外様名門で生じた揉め事に、これ以上首を突っ込むことを良しとしないようだ。

源之助も帰ろうかと思ったが、旗野が命がけで届けるべき相手への興味が募って仕方がない。帰ることを躊躇《ためら》っている源之助の袖を山波が引っ張ったが、好奇心に勝る源之助は動かない。危ぶむ山波だったが、

「釣り竿を置いて来ました。これで失礼します。ついでに蔵間殿の釣竿も持って帰りましょう」

「ああ、そうでした。かたじけない」

慌てて返事をしたところで、門から馬に乗った武士とその従者が屋敷に走り込んで来た。山波はそそくさと出て行った。

「旗野はまいったか」

馬上の武士はいきなりがなった。相当に急いでいるのか、この男自身がせっかちなのか。源之助は脇に退いて控えた。浦河が馬の轡を取り、永田は馬を下りた。旗野が乗っていた馬は桜の木に繋がれている。

「旗野、まいったのか」

永田はもう一度聞いた。

浦河は旗野が死んだことを告げた。永田は一瞬絶句したがすぐに悔しげに顔を歪め、そこで源之助に視線を向けてきた。浦河が源之助を紹介し、ここまで旗野の亡骸を運んで来たことを話す。その上で、書状を永田に渡した。

「そうでござったか。それは、お手数をおかけした」

永田が一礼した。

十万石の江戸留守居役となれば、禄高五百石はあろう。三十俵二人扶持《ぶち》の源之助とは身分が違う。それにもかかわらず、礼を欠かさない。その腰の低さには好感が持てた。

「礼には及びません。それより、旗野殿が命がけで届けようとなされたその書状、しかとお読みくだされ」

源之助も礼儀を逸することなく応じる。

「かたじけない」

永田は言ってから、矢も盾《たて》もたまらない様子で書状を読む。顔色が見る見る、蒼ざめていった。源之助と視線が交わる。すると、はっとしたようになった。

「いや、かたじけない」

永田は懐に書状をねじ込んだ。書いてあることは相当に不穏なことなのだろう。こっちが悪いことをしたような気分に包まれてしまった。やはり、山波と一緒に帰るべきだった。

「では、拙者はこれにて」

源之助は一礼すると踵《きびす》を返した。

「蔵間氏、お手数おかけした」

永田は礼金を出そうとしたが、源之助はやんわりと断った。

「それでは当方の気がすみません」

「礼金欲しさにやったわけではありません。どうか、お気遣いくださるな。礼金は旗野殿の供養にお使いくだされ」

丁寧だが毅然と返したところで、

「かたじけない」

永田が言うと浦河も深々と腰を折った。


なんとなく胸がもやもやとしながら桂木家下屋敷を後にした。夕暮れが迫り、溢れんばかりだった墨堤だが、人の波は少なくなっている。人通りがまばらとなる中、大川を右手に見ながら南に向かって歩いていく。春爛漫とはいえ、夕暮れに吹く川風は肌寒い。つい、背を丸めて堤を歩く。

すると、堤の前と後ろから数人の侍が駆け上がって来た。みな黒覆面で顔を覆い、刀を抜いている。旗野のことがあっただけに、桂木家の者たちだろうか。国許に大事出来《しゅったい》ということを知られ、口を塞《ふさ》ごうと言う魂胆なのかもしれないが、理由を確かめる余裕はなさそうだ。

源之助は腰を落とした。

途端に前方の侍が斬りかかってきた。源之助はさっと横に逃れる。刀が風を切る音がして侍が前のめりになった。続いて背後から斬り込んでくる。

源之助は振り向き様、大刀を抜く。刀と刀が交錯する。さっと、右足を引き、下段からすりあげる。相手は刀を弾き飛ばされた。

それから間髪《かんはつ》入れず、前方の敵の鳩尾《みぞおち》に柄頭《つかがしら》を押し当てた。相手はうずくまる。次いで、左の敵の腕を斬った。相手は悲鳴を上げ、刀を落とした。

次いで踵《きびす》を返したと思うと走りだし、大上段から振り下ろす。相手は気勢にのまれるように背後へと後ずさりをした。

そこへ、夜桜を見ようとでも思っているのか数人の男女が近づいて来た。

「引け」

男の一人が叫んだ。

たちまちにして、男たちは堤を風のように走り去った。

「ふう」

深い息を吐き、大刀を鞘《さや》に戻した。

果たして桂木家の者だろうか。命を狙われる覚えなど、今日の一件以外に考えられない。永田にもたらされた書状はよほど不穏なものだったのだろう。永田は書状を源之助が読んでしまったと思っているのではないか。

厄介なことに巻き込まれてしまった。

桂木家十万石、ひょっとして御家騒動でも起きているのではないのか。


明くる二日の朝、源之助は奉行所に出仕した。

両御組姓名掛は奉行所の建屋内にはなく、塀に沿って建ち並んでいる土蔵の一つを間借りしている。真ん中に畳が二畳敷かれ、そこに文机《ふづくえ》と火鉢、手文庫が置いてある。壁に沿って書棚が立ち並び、南北町奉行所の与力、同心の名簿が整然と収納してあった。手をあぶりながら昨日のことを思い出す。手荒い出来事だった。今になって恐怖心と疑問が胸に交錯した。

小者が来客だと告げた。

視線を向けると戸口に男が立っていた。羽織袴の武士だということはわかるが、日輪を背中に受けて影となっているため面差《おもざ》しはわからない。その影が慇懃《いんぎん》に頭を下げた。視線を凝らすと桂木家の下屋敷にいた浦河助次郎である。

「どうぞ、お入りくだされ」

「失礼致します」

浦河は大刀を鞘ごと抜き、右手に持つと遠慮がちに前屈みに入って来た。源之助が用意した座布団は当てずに両手をつく。

「まあ、お手を上げてくだされ」

面《おもて》を上げた浦河の額には汗が滲んでいた。

「いかがされた」

「実は」

浦河は苦しそうだ。

「昨日、下屋敷からの帰途、墨堤で見知らぬ侍たちから襲われました。貴殿もしくは永田さまの差し金でござるか」

ずばり切り込んだ。

「いえ、そういうわけでは」

「しかと相違ござらんか」

強めに質《ただ》す。

「それは」

浦河は口ごもっていたが、やがて、両手をついた。

「永田殿から蔵間殿にお詫び申し上げよと言いつかってまいりました」

浦河は紫の袱紗《ふくさ》を取り出した。

「なんでござる」

不快感がこみ上げた。

「お受け取りください」

「いらぬ」

「お詫びでござる」

浦河は必死だ。

「いりませぬ。それより、わけが知りたい」

源之助は強い眼差《まなざ》しを送る。いかつい顔が際立ち、それだけで相手には十分な威圧となって迫っていた。実際、源之助は強い意志を込めたつもりだ。

浦河は脂汗を滲ませた。

「どうしてもお話しくださらぬか。私の命までも奪おうとした一件、なんでござる。事と次第によってはただではすまぬ。いくら、一介の町奉行所同心といえど、命を狙われたとあってはこのまま引っ込むわけにはいきもうさん」

浦河は唸った。

三

「実はわたしの口から申し上げるにはあまりに重要なことですので」

と、浦河は断ってから一通の書付《かきつけ》を取り出した。源之助は黙ってそれを受け取る。開くと永田将監から源之助に宛てたものだ。暮れ六つ、日本橋長谷川町の料理屋瓢《ひょう》箪《たん》へ来て欲しいとあった。

「文《ふみ》、確かに受け取り申した」

静かに告げる。

「して」

浦河は源之助の返答を待っている。行くという返事を持ち帰るよう永田から命じられているのだろう。

「お帰りいただきたい」

ぶっきらぼうに返す。

「お越しくださりましょうか」

浦河はおろおろとしている。

「行く、行かぬはその時の気分ですな」

好奇心が勝《まさ》り、行く気になっている源之助だが、あっさりと行くと返事をすることには抵抗がある。何せ、命を狙われたのだ。瓢簞という料理屋へ行き、そこで再び襲われないという保証もない。そのこともさることながら、人を襲っておいてにしてはいかにもぞんざいな謝り方である。それが片腹痛い。

「お引き取りくだされ」

源之助は横を向いた。

「しかし」

躊躇《ためら》いがちな浦河に、

「お引き取りを」

更に強い口調で重ねる。浦河はここに至ってようやくのこと腰を上げた。それでも、戸口に行くまでの間、名残惜《なごり》しそうに二、三度振り返る。源之助は用もないのに名簿とにらめっこをし、無視し続けた。浦河は諦め、そそくさと立ち去った。

浦河がいなくなったのを見計らってごろんと横になった。すると今度は、

「蔵間殿」

と、呼ばわる声は山波平蔵である。釣り竿を持っている。桂木家下屋敷の帰途、源

之助の釣り竿を持ち帰ってくれたのだ。

「お入りくだされ」

途端に相好《そうごう》を崩す源之助だ。山波は好々爺然とした笑みを浮かべ、釣り竿と共に竹の皮に包んだ栗饅頭を差し出した。

「では、お茶を」

源之助は茶を淹《い》れ、饅頭を頬張る。天窓から差し込む春麗《うら》らの日差しの下、出仕早々に暢気さ加減が鎌首をもたげる。

「あれから、いかがでござった」

山波は言った。

果たして、帰途に桂木家の者と思われる連中から襲撃されたことを語るべきか躊躇った。言うべきではない。山波が安易にこのことを言いふらすような男ではないが、それでも、山波に不安の影を投げかけるだろう。

「江戸留守居役の永田さまとしばし歓談し、帰り申した」

「やはり、御家中で揉め事でもあったのでしょうかな」

「おそらくは」

「御家騒動にならなければよいのですが」

山波の眉間に皺が刻まれた。

その表情がどうも気になる。山波が自分を訪ねて来たのは、自分が途中で帰ってしまい、そのことが胸にわだかまっているのだろう。

「いや、これは、関係ないか」

山波は独り言のように呟《つぶや》いた。

「なんでござる」

どうも気にかかって仕方がない。

「思い過ごしかもしれぬのですが」

そう前置きしてから、山波が語るには、今から三年前、山波が南町奉行所に勤めていた頃、桂木家でちょっとした騒動があった。藩主伊賀守宗盛が江戸市中でいさかいを起こしたのだ。上野の茶屋の女中を手籠《てご》めにしたという、あってはならない醜聞沙汰である。桂木家から内聞に処理願いたいと、南町奉行所に申し入れがあり、見舞金を女中の親に渡して事なきを得たという。

「放蕩な殿さまとご評判です。御家騒動が起きても意外ではござらん」

山波は饅頭を食べた。

それに対して、源之助はなんとも答えを返せない。山波も別段、源之助から答えを待っているわけではなさそうだ。

「ともかく、これ以上は関わりを持ちたくはござらんな」

それは源之助に対する忠告のような気もした。

「いや、朝っぱらからくだらぬ話をして申し訳ない」

山波は頭を下げる。

「山波殿もご存じでござろう。この役目、非常に暇。居眠り番であることを」

源之助が言うと山波も声を放って笑った。


山波が立ち去ってからまったく暇な時を過ごしてしまった。やることがなく、寝そべったり、帳面を開いたりしているうちに永田から指定された瓢簞のことが気にかかる。ゆっくり過ぎるくらいの時の流れに身を任せているうちに、いつしか暮れ六つの永田との面談が楽しみになってきた。山波の忠告が脳裏をかすめる。絶対に関わらないほうがいい。

確かにそうだろう。命まで狙われたのだ。この先、関わりを持てばどんなことになるのやら。そう思い、やはり、行かぬがいいだろうと心に決める。

だが、結局、源之助は日本橋にやって来た。好奇心が勝ったとしか言いようがない。我ながら、大人気《おとなげ》ないものだと思う。

ところが、瓢箪という料理屋がわからない。日本橋の袂《たもと》近くだと聞いたが、裏通りを入り、それらしい料理屋に足を向けるのだが、どれも違った。道行く行商人や店《たな》者《もの》に確かめてようやくのことで辿り着いたのは小体《こてい》な店だった。とても、大名家の留守居役が出入りするような店ではない。実際、暖簾《のれん》を潜ると、八間行燈に照らされた店の中は行商人やら職人風の男ばかりだ。暮れ六つは過ぎている。指定された時刻を過ぎ、永田の姿を探すが、それらしい人物はいない。

やはり、店を間違えたのか。

こんな店にいるはずがない。そう思って踵を返そうとした時、

「蔵間氏《うじ》」

と、声がかかった。

声の方に向くと、入れ込みの座敷に地味な木綿の着物を着流した中年の侍がいる。この場に溶け込んだようなその姿は留守居役どころか、せいぜい幕府直参《じきさん》の御家人《ごけにん》くらいにしか見えない。だが、それはまごうかたなき永田将監その人だった。

「まあ、こっちへ来られよ」

　永田はにこにこ笑いながら手招きをした。多少の戸惑いを感じつつ永田の前に座った。

「遅くなり申した」

　まずは遅刻を詫びた。

「なんの、わかりづらかったでござろう。ここは気がねなく飲めるので、時折、こうして一人飲みに来ます。江戸留守居役同士の会合がこの近くの料亭でありましてな、その帰り道、気まぐれで寄ったのがきっかけです」

　言いながら永田はちろりを向けてきた。源之助は恐縮しながら猪口《ちょこ》を差し出した。永田が手酌で自分の猪口に酒を満たしたところで、

「まずは、お詫び申し上げる」

　と、永田は頭を下げた。

　その柔和な表情とこの場の和やかな雰囲気でささくれだった気持ちが和んでいく。だが、なんと詫びられようと命を狙われたことは確か。そのことをはっきりさせなければならない。源之助は一口すすってから食膳に猪口を置いた。それからきっとした目を永田に向ける。永田も酒を飲む手を休めた。

「昨日のこと、貴殿が届けてくださった書状、あれにいささか不穏なことが書かれて

おりました。これは言い訳になりますが」

永田は、その書状を源之助が見たと思う者がいたという。

「つまり、口封じに動いたということですな」

「いかにも」

「永田さまのお指図《さしず》ではないのですな」

「言い訳めいたことで恥じ入るばかりでござるが、家中の若い者が騒ぎました」

永田はここで再び深々と頭を下げた。

「詫びは受け入れましょう。ですが、どうしても気になりますことは、拙者が襲われた理由です。それすなわち書状の中味について語ることになるのでしょうが」

「いかにも」

永田はうなずく。それから口を開き、説明してくれそうな素振りを示したが、ここはいかにも秘密めいた話をするような所ではない。源之助のその様子に、

「大丈夫。こうした所のほうがむしろ密談に適しているものでござるよ」

そう言われてみると開けっ広げな座敷ながら、各々、自分たちの話に夢中である。とてものこと、他人の話に耳を傾けるような者などはいない。

「いかにも」

源之助もことさら表情を緩めた。永田はまるで世間話をするかのような調子で語りだした。

「実は、国許におられる殿の弟右衛門助盛貞《うえもんのすけもりさだ》さまが謀反《むほん》を企てておるという噂があるのです」

やはり御家騒動か。

それを語る永田の表情からは、場所柄のせいか、切迫したものは感じられないが、その内容の重さはひたひたと源之助の胸に迫ってきた。

「殿はそのことに心痛めております。盛貞さまを担ごうという者たちが暗躍をし、家中が二つに割れることをことのほか心配なさっておられる次第」

「いかにも、そのお気持ちはわかります」

「できれば、穏便に済ませたい。ところが、殿が参勤で江戸におられる隙に乗じて盛貞さま一派が活動を始めたのです」

永田の眉間に皺が刻まれた。

さすがに重苦しい空気が流れた。

「よろしいか」

この先はくれぐれもご内聞にと釘を刺された。

四

そして、盛貞を担ぐ一派の中心は国家老吹越光太夫《ふきこしこうだゆう》で、吹越は老中宛に嘆願書を携えて直訴《じきそ》に及ぶのだという。

「その内容は殿がいかにも藩主にはふさわしくない行状ゆえ、隠居させたいという根回しでござる」

すなわち押し込めである。

大名家では時として行われる。藩主の独断専行、不行跡を諫《いさ》めようと、家老たちが図り、強制的に隠居させることである。御家第一という武家社会ならではの慣行といえた。

「押し込めでござるか」

「いかにも。しかも、吹越一派の動きを御老中津坂丹後守《つさかたんごのかみ》さまが後押しをしておられます」

「なんと」

思わず声を上げてしまい、周囲を見回した。誰も、こちらに関心など向けていない。

「それで、殿さまは、押し込めを受けるような不行跡をなさっておられるのですか」

きっと、そうではなく聡明な主君であるという答えが返されるものと思っての問いかけである。ところが、永田はこれをあっさりと否定した。

「それが、殿におかれましては、必ずしも模範的な行いばかりではないのです」

いかにも言いづらそうに口ごもるからには桂木伊賀守宗盛という殿さまの人物像を物語っているようだ。山波から聞いた、茶屋の女中を手籠めにした行状と相まって、放蕩な殿さまなのだろう。

「では」

では、国許の動きの方が正当なのではないかと言いたくなったが、それは口には出せない。源之助の気持ちを汲み取ったのか、永田の目が恥じ入るように伏せられた。

「いかなる殿であれ、それをお諫めし、正しき政《まつりごと》を行っていただけるようお助けするのが臣たる者の務めだと思います」

永田は自分を納得させているようだ。

それに対しては何も言えない。

「それで、蔵間殿」

永田が言った。

いやな予感に囚《とら》われる。何事か厄介なことに巻き込まれそうだ。今すぐ立ち去るべきだとは思うが、心の片隅で何かを期待する自分がいる。

「一つ、頼まれてくだされ」

「なんですか」

そう訊いてはうまうまと頼まれてしまうとはわかりつつもそう尋ね返した。

「咲江《さきえ》殿を、あ、いや、咲江殿とは殿の愛妾でござる。元は吉原の花魁《おいらん》でした。殿が身請けをし、木場の材木問屋信濃屋《しなのや》の寮に住まいしておりました。その咲江殿を最近お移ししたのですが」

永田はここで言葉を区切った。今更、途中まで聞いてこれで失礼しますとは言えない。永田が言うには咲江の存在が吹越一派に知られてしまった。吹越一派は宗盛がご法度《はっと》である大名の身で吉原通いをした。そのことを以て、押し込めの正当な理由とするようだ。

「近々、咲江殿の身を奪いに来るのでござる。そのことを国許から報せてまいったのです」

「永田さまは咲江さまを何処へお移しなさったのですか」

永田はおもむろに、

「移した先でござるが、信濃屋の主重左衛門《じゅうざえもん》の娘と入れ替わることを考えました」

「ほう」

なんという大胆なことであろう。

「苦肉の策でござる」

「それはずいぶんと大胆極まる策にございますな」

言っているうちに声が弾んでしまった。

「そうでございますか。それで、当方としましては、寮にやって来る吹越一派の者を捕らえ、尚且つ、御老中への嘆願を阻止するつもりでござる」

永田が高揚しているのは酒のせいばかりではないようだ。

「うまくいきますか」

そう言ってから口をつぐんだ。いかにも失礼な物言いながら、それが源之助の偽らざる思いだ。

「いかにも貴殿が申される通り」

永田もそれは危惧しているようだ。

「それでも、おやりになるつもりですか」

「そうです」

永田はちろりを向けてきた。

「そこで蔵間殿、信濃屋に咲江殿がいる間、咲江殿を守ってくださらぬか。書状には吹越一派は次の評定所《ひょうじょうしょ》式日、すなわち弥生十二日を狙って咲江殿の身を確保しようと企んでおる、とあります。その間、守ってくださらぬか」

「それがしには荷が重過ぎる。そのような大事なことをやるにはいささか歳を取り過ぎております」

源之助は頭を掻いた。

「そのようなことはございますまい。勝手ながら貴殿の評判を聞きました。かつては鬼同心と呼ばれ、北町の筆頭同心を務めておられたとか」

「それはもう数年前のこと。今の拙者は両御組姓名掛と申しまして、その暇さゆえ居眠り番と揶揄《やゆ》される部署におる身でござる」

「そのこともかえって好都合。そのような暇な部署ならば、まさしくもってこいでござろう」

「ですから、暇な部署におるということはその程度の男だということでございます」

つい、強い口調になった。

「いや、腕はいささかも衰えておられない。いや、そうではないとは言わせませぬぞ。

昨日の襲撃を難なく撃退された。襲った者どもから聞きましたが、まさしく凄腕であったと」

それでも躊躇《ためら》われる。

「謝礼は払います。いえ、貴殿が銭金で動くようなお方とは思いません、ですが、ここはそれを曲げて、引き受けていただきたい。桂木家十万石がかかっておるのです」

永田の言い分は大袈裟には思えない。しかしながら、だめな殿さまを担いで御家を守るより、英明な藩主の下、国づくりに励むのもいいのではないかとも思える。それに、国許にいる右衛門助盛貞には老中の後ろ盾があるのだから、盛貞が藩主となれば万事がうまくいくのではないか。

するとそれを見透かしたように永田が口を開いた。

「右衛門助さまを担ぐ吹越殿は御老中津坂丹後守さまと内通しておるのです。藩主の不行跡により、減封を受け入れるというものでござる。十万石のうち、三万石を天領とするという密約をしたとのこと。まさしく、御家を売り渡すがごとき行い。家臣として断じて見過ごしにはできません」

その表情は苦衷に満ちていた。

「我らが藩祖宗定《むねさだ》公以来の領知をおのが権力を得たいがために御公儀に献上するなど、

我ら累代の家臣と領民の血と汗と涙が染み付いた領知をむざむざと手離すなど、到底できるものではござらん」

永田は激してきたのか声が高まった。それから自分の大声を恥じ入るように口を閉ざす。気持ちはわかる。痛いくらいにわかる。

なるほどそういうことか。

いくら、駄目な殿さまであろうと、幕府の言いなりになる藩主では到底受け入れることなどできはしないのだろう。それならば、今の殿さまを担ぎ、それで、藩の運営をした方がいいと考えているに違いない。

「どうか、蔵間殿」

永田は迫ってくる。

「しかし」

御家騒動。しかも、老中がらみの騒動に加担することの危険性を感じる。まさしく、山波が言ったように関わりを持たぬがよいのだ。しかし、関わりを持たぬにしてはいささか、いや、大いに踏み込んだ話を聞いてしまった。今さら、抜けることは逃げだという気がするし、十万石の雄藩の留守居役から頼られたということで誇らしい気にもなった。あるいは、それほど好きではない酒による気分の高揚であるかもしれない。

「いかがでござろう」

永田はすがるようだ。

「それがしでは役不足」

謙遜してみる。

「ですから」

永田は困ったような顔だ。

「ですから、このことは」

渋ってみる。

「蔵間殿以外に頼る者はなし」

永田は言った。

「ですから、それが」

「武士は相身互いとは貴殿の言葉ですぞ」

「それはそうですが」

「では」

「いや」

「頼み申す」

ついに根負けしたように了承の言葉を口に出した。

「ありがとうござる」

永田はまさしく源之助の手を取らんばかりの勢いとなった。

影御用。

居眠り番に左遷されてからも源之助は御用を行ってきた。源之助の凄腕を頼る者は後を絶たず、無報酬で困難な仕事を請け負ってきたのだ。奉行所には表沙汰にできない御用ゆえ、影御用と呼んでいる。

永田の依頼はまさしく影御用。

外様の名門大名家の存亡に関わる大きな御用だ。一介の町奉行所同心が担うには重過ぎる。しかし、引き返すことはできない。

春眠暁を覚えず、と思っていた今年の春だったが、青嵐の渦に巻き込まれてしまったようだ。いや、自ら飛び込んだと言うべきか……。

春の夜は血の騒ぎを鎮《しず》めるにはあまりに艶めいていた。

第二章　身勝手な側室

一

八丁堀の組屋敷へと戻った。玄関で出迎えた妻久恵《ひさえ》に夕餉《ゆうげ》はいらないことを伝え居間に入った。見習いとして出仕している息子源太郎《げんたろう》が折り目正しく挨拶をしてきた。軽く会釈をして座る。

「父上、何かよいことがございましたか」

「特別に何もない」

ぶっきらぼうに返す。

「目元が緩んでおられます。何か御用を受けられたのではないのですか」

源太郎の疑わしげな物言いは、源之助が影御用を行うことで定町廻りの職分が侵されるのではという危惧を感じさせた。

「何もない」

強い調子で言う。

「そうであればよろしいのですが」

「おまえたちの領分など侵すものか。安心して御用に邁進すればよいのだ。それより、明日は休む。そう届出を出しておいてくれ」

「昨日、非番だったではないですか」

源太郎は不満口調だ。

「まあ、よいではないか。どうせ、暇だ」

言いながら源之助は涼しい顔をした。源太郎の危うげな顔つきが心地よい。


翌三日の朝、源之助は木場にある信濃屋の寮を訪ねた。木場からほど近い洲崎弁天《すさきべんてん》社の裏手にあるその寮は敷地五百坪ほど、生垣に囲まれた風雅な建物である。数寄屋造りの母屋《おもや》はいかにもすごしやすそうだ。庭には優美に花を咲かせる一本桜と円形池が目を引く。池の水面が銀色に輝いている。浜辺に近いとあって海風が強く、春の深まりにもかかわらず、襟元を寄せねばならなかった。

母屋の縁側に女が一人、十八、九といった娘が端然と座っていた。

値の張りそうな着物を着て、侍女に髪をすかせていた。永田の話で聞いた信濃屋の主重左衛門の娘であろう。大店《おおだな》の娘というのはいかにも育ちが良さそうで、大名の側室と聞いても疑いを持たないような品の良さを醸し出していた。見事に咲江になり切っているといっていい。確か名前はお鈴《すず》というそうだが、お鈴自身、自分の役割を知っているのだろうか。知らされているに違いない。それでいて覚悟のことなのだろう。だとすると、そのけなげさに心打たれる思いだ。信濃屋は桂木家の信濃木曽領内から質のいい檜や杉を仕入れているという。やはり、お店のため父のために尽くそうというのだろう。ところが、この寮の無防備さはどうだ。普段通りの暮らしを行うことにより、吹越一派を引き付けようというのだろう。すると、それを捕える家臣たちを潜ませているのだろうか。

源之助はぐるりと一周してから信濃屋に向かった。


信濃屋は数多く軒を連ねる材木問屋の中にあってもひときわ目立つ大店だった。

木場は元禄《げんろく》十四年（一七〇一）、十五店の材木問屋が幕府から土地を買い取って造成し材木置場や材木市場を開いたのが始まりである。四方には土手が築かれ、縦横に六条の掘割が掘られ、掘割の十箇所には橋が架かっている。材木問屋の店や屋敷は掘割に囲まれ、みな、敷地が広く贅沢な造りとなっている。火事と喧嘩は江戸の華。江戸開府以来、火事が頻発する江戸だけに材木の需要が絶えることはない。紀伊国屋文《きのくにやぶん》左衛門《ざえもん》、奈良屋茂兵衛《ならやもへえ》といった豪商に代表されるように、木場の材木問屋は分限者《ぶげんしゃ》揃いである。

その中にあっても信濃屋は大店だった。ほのかに木の香りが漂い、間口二十間、屋根瓦を葺いた店構えも立派である。店先で手代をつかまえ、素性を名乗ると主人重左衛門に会いたい旨伝えた。

すぐに奥に通された。

出てきた重左衛門は実直を絵に描いたような男だった。縞柄の袷《あわせ》に羽織を重ね、源之助に向かって深々とお辞儀をする。既に、永田から話が通っているのだろう。重左衛門は無言のまま座敷に案内した。

「本日はようこそお出でくださいました」

「おまえこそ、厄介な役目を引き受けたものだな」

「とんでもございません。手前どもは、代々桂木の殿さまのご恩を頂いておるのでございます。この上はお役に立てないことには商人として失格でございます」

重左衛門は大真面目だ。

「それにしても、娘までが協力をしておるではないか」

「それは当然のようなものです」

重左衛門は言葉通りいかにも当然のような口ぶりである。

「しかし、一人娘と聞いたぞ」

「何人いましょうが、おなじことでございます」

重左衛門はあくまで真摯《しんし》に答える。

「商人の鑑《かがみ》だな」

源之助が言うと、ここで重左衛門はにんまりとした。笑みの中に狡猾さを感じさせた。いかにも商人としての計算高さを窺わせるものだ。

「いかがした」

気になって仕方がない。

「いかにも、算盤《そろばん》勘定を無視しておるわけではないのです」

重左衛門は言った。

「というと」

「桂木さまの殿さまが押し込めにでもなって、御公儀に三万石を没収されることにでもなれば、手前どもは大きな損でございます」

「どういうことだ」

「没収される三万石の領地の中に手前どもの材木を仕入れる山があるのです」

「ということは、桂木家が減封になれば、そこは天領」

「そうです。きっと、運上金《うんじょうきん》も莫大なものとなりましょう」

「なるほど、そういうことか」

さすがは商人、算盤を弾いての協力だ。それが悪いとは思わない。むしろ、それを聞いてはっきりしてよかった。忠誠心や恩でお手助けしていますでは、そのうさん臭さは拭いきれない。それが、ちゃんとした理由がわかったのだ。

「いけませんか」

「見上げたものだ。さすがは、材木問屋だな」

「お世辞は結構でございます」

重左衛門は言った。

「ところで、お咲さまはいかがされておられる」

すると、重左衛門の目がわずかにしばたたかれた。

「いたって健《すこ》やかでおられます」

すると、奥から、

「退屈ぞえ」

という声が聞こえた。重左衛門の目が白黒になった。

「退屈じゃ」

もう一度声が聞こえたと思うと障子が開かれた。

「重左衛門、最早耐えられぬ」

女がそう言ったと思うと源之助に気が付いてぼうっと突っ立った。

これが咲江か。

町娘のような髪と着物をしている。面差しは十人並だろうか。それほどの美人ではない。十万石の大名の妾になるような女であるからには、さぞや美人なのだろうと思っていただけに、いささかがっかりもした。

「誰じゃ」

問いかけにも遠慮がない。最早、大名の側室気取りなのだろう。しかし、ここは礼を尽くさねばならないだろう。

「北町の同心蔵間源之助と申します」

源之助は一礼した。

咲江は部屋に入って来て源之助の前に立つとまじまじと源之助の顔を覗き込む。息がかかるのではないかというほどに顔を近づけられ、いささかどぎまぎしてしまったが、咲江の方はといういたって平気なものである。

「もっと、男前を来させて欲しい」

そう一言言われてしまった。

「はあ」

戸惑う源之助だ。

「お方さま」

重左衛門が困った顔を向ける。

「留守居役さまに頼んでくれと言ったではないか。奉行所の同心なら、男前を寄こすように言ってくれと。この男のどこか男前なのじゃ」

咲江は我儘放題な女のようだ。

「お方さま、そのようなことを申されますな。蔵間さまは北町奉行所きっての辣腕なのでございます」

「そのようなこと、どうでもいいのじゃ。わたしは、男前と申している」

咲江は駄々をこねた。

「これはまた、ずいぶんと嫌われたものですな」

源之助は苦笑を浮かべた。

「ほんと、期待外れもはなはだしい」

咲江は不貞腐《ふてくさ》れたように横を向いた。

「それで、芝居、いつ連れて行ってくれるのじゃ。早く行かぬと、音羽屋《おとわや》の芝居が終わってしまう」

「しばらくの間の辛抱でございます」

「いやじゃ」

「お方さま」

重左衛門は眉間に皺を刻んだ。

「永田にちゃんと申しつけなさい」

いくら側室でもいささか横柄《おうへい》に過ぎる。こんな女を守るために重左衛門も自分も骨を折らなければならないのか。そんな疑問が胸を突き上げる。しかし、引き受けた以上、努《つと》めなければならない。そんな源之助の神経を逆撫でするように、

「あ〜あ、つまらない」

咲江は言うと部屋から出て行った。

二

「いやはや」

重左衛門は言葉に困っている。源之助も困り顔だ。

「大変だな」

そう慰めの言葉をかけることしかできなかった。

「まあ、ともかく、こちらで責任を持ってお預かりします」

重左衛門は責任感を感じたのか、目に力を込めた。すると、一人の女中が部屋に入って来た。

「文代《ふみよ》さま、あ、いや、お文《ふみ》、どうした」

重左衛門が優しく問いかける。

「お方さまが、あ、いえ、お嬢様さまがどうしても洲崎弁天にお参りなさりたいとおっしゃって」

お文と呼ばれた女中がつくづく困ったような表情である。重左衛門は源之助に向き直り、

「こちら、本当は文代さまと申されまして、今は手前どもの女中ということでお方さまのお身の周りのお世話をなすっておられます」

咲江について女中として信濃屋に入り込んだということだ。父親は八神右衛門《やがみうえもん》という桂木家の江戸詰で勘定方の武士だという。

「こちら、北町の蔵間さまです」

重左衛門は言葉を改めた。文代はきちんとした礼をした。なかなか、しっかりした女である。彫が深く、たおやかな面差しながら目に力がある。その所作には源之助をして感心させるものがあった。源之助は軽く会釈を返した。すると、

「文、文はどこです」

咲江の声がする。それを聞いて文代はすっかり困り顔になった。咲江の我儘に翻弄《ほんろう》されているのがよくわかる。

「洲崎弁天でござるか」

源之助が助け舟を出した。

「そうなのです。どうしても、参拝をすると申されて」

文代はどうしていいかわからないというようにおろおろとしている。

「しかしなあ」

重左衛門も困った。

「わかりました。わたしがついて行きましょう」

源之助が言うと、重左衛門はその言葉を待っていたのだろう。安堵に目が細まった。文代もほっとしている。そこへ咲江が顔を出した。咲江は源之助と重左衛門に挑むような目を向けてきた。

「お嬢さま、蔵間さまが洲崎弁天まで一緒に行ってくださるそうですよ」

文代に言われ、

「あら、そうなの」

咲江は表情を一変させた。

「よろしくお願い申します」

源之助は頭を下げた。

咲江は支度をしてくると部屋を出た。文代も付き従った。

「洲崎弁天に行くことにとにかくこだわっておられるのです」

重左衛門は言った。

「よっぽど、参拝がしたいのか。それとも、外に出たいということだろうか」

「とにかく、外にお出になりたいのです。退屈だ、退屈だ、と、店の女中を引き入れては歌留多《かるた》に高じたり、おはじきをしたりと、昨日までは家の中で遊んでおられたのですが、今日ともなりますと、もう、我慢がならなくなったようで、朝から外へ行きたいとばかりを繰り返され、手前どもと致しましてはどうしていいのかわからなくて」

重左衛門は咲江に振り回され疲れきっていた。さぞや気骨が折れていることだろう。

「大変だな」

慰めにもならないと思いつつも言葉をかけた。

「お引き受けしたのは手前でございますから」

そう自分を叱咤する重左衛門を見るにつけ、商人の苦労を思ったところで、咲江が文代と共に出て来た。こちらは、重左衛門の気苦労など何処《どこ》吹く風といった様子である。

「行くぞえ」

咲江が言った。

「ならば」

源之助は一礼してから咲江に付き従った。咲江はいそいそと歩きだした。木場の風《ふ》情《ぜい》ある街並みを両側に見て、南の方角に向かって歩いて行く。各々の問屋の屋敷内は庭に材木を貯蔵するための広い池が設けられ、水郷のような風情を漂わせている。源之助は咲江の後ろ、文代は源之助の後ろについて歩いた。

一行は木場の端にある材木置き場へと至った。木の香りが濃厚に漂い、川並や木挽《こび》き職人たちが山と積まれた材木の整理に当たっている。木遣《きや》り節の威勢のいい声が春空に響き渡ってなんとも心地よい。

「やっぱり、外はいいわね」

咲江は空を見上げた。刷毛《はけ》で刷いたような雲が青空に広がっている。雲雀《ひばり》や鳶《とび》が舞い、燕《つばめ》がかすめていく。

「日本晴れでございますな」

「こんな日に家の中にいるなんて、できやしないわ」

賛同を求めるように源之助を振り返る。

「ご辛抱も必要ですぞ」

つい、説教めいた口をきいてしまう。

「ずっと辛抱してるわ」

咲江は聞く耳を持たなかった。

一行は木場を過ぎ、洲崎弁天に達した。洲崎弁天は浜辺に建立してあることから、海難避けの鎮守としてもてはやされている。海辺に立つ朱色の殿舎はひときわ目を引くもので、この日も大勢の参拝客で賑わっていた。源之助は周囲に目配りを怠ることなく、油断ない視線を向ける。境内は平穏そのものだ。咲江は参拝客に混じって拝殿に向かって歩いて行く。その後ろから源之助と文代も続いた。拝殿に至ったところで咲江は賽銭箱に銭を入れ、両手を合わせる。源之助も拝むことにしたが、いざ拝むとなると拝むことが思い浮かばない。とりあえず、今後の健康を祈った。

参拝を終えたところで、咲江は境内を抜ける。門前には床見世《とこみせ》が並んでいた。その中から香ばしい御手洗《みたらし》団子の香りが漂ってきた。咲江は迷うことなく見世の中に入った。入れ込みの座敷に上がり込み、御手洗団子と茶を頼む。

「ここの、御手洗団子、評判を呼んでいるのよ」

咲江は満足げだ。

串には大振りの団子が四つ、いずれもこんがりと焼き上がり、醬油たれもそれほど甘くはない。御手洗団子の甘ったるいところが源之助には躊躇われるのだが、ここの御手洗団子ならいける。甘いがさらりとした舌触り、それが焼いた団子の焦げ目と絶妙に調和して実に食べやすい。源之助は勧められるままお替りをした。

「ちょっと」

咲江が立ち上がる。

源之助もついて行こうとしたが、

「よい」

咲江がぴしゃりと跳ね除ける。そうはいかないと目をしかめたところ、

「憚《はばか》りじゃ」

と、言った。あわてて文代がつき従う。すると、文代にも咲江は来るなと告げ一人で店の裏手に向かう。文代はそれでも、後を追った。しかし、咲江に強い調子で来るなと言われたらしく、文代は泣きべそをかいて戻って来た。源之助は慰めるように何度かうなずいた。

二人はしばらく待っていたが、やはり、目を離すわけにはいかない。源之助は腰を上げ、裏手に向かった。裏手に厠《かわや》がある。文代が厠を見てきた。それから驚きの表情で、

「いらっしゃいません」

と、悲痛な声を上げた。

「なんだと」

源之助は周囲を見回した。

「どうしましょう」

文代を宥めるように、

「探そう」

源之助は裏庭を横切り表に出た。ちらほらと行商人が歩いている。それらの者に咲江の人相を伝え、見かけなかったのかを確かめると、幸い何人かが海の方に歩いて行ったと答えた。

「行くぞ」

源之助は走りだす。

文代も駈けだした。

源之助は人混みをかき分け、海辺へと至った。肩で息を整えて辺りを見回すと、砂浜に咲江が立っている。着物の裾を捲《まく》り、素足を波に浸して波と戯れていた。ほっと一安心をして、そばに駆け寄る。海の青に真っ白な波が立ち、波をうさぎに例えるのがよくわかる。海面の煌《きら》めきに目を射すくめられながら、

「お嬢さん」

文代が声をかけた。

それでも咲江は、聞こえないかのように寄せては返す波を見やっていたが、やがて

振り返った。そしてにっこりと笑みを投げかけてくる。実に楽しげだ。どのような事情かは知らないが、吉原に売られ、見初《みそ》められて宗盛の側室に迎えられた。その暮らしは決して自由なものではなかっただろう。海を見たり、波と戯れるなど子供の頃ならいざ知らず、ついぞなかったに違いない。咲江は海を見て子供の頃を思い出したのかもしれない。子供のように楽しげな様子がそれを物語っているようにも思えた。

「まこと、海はいいもの」

そう思って、咲江の言葉を聞くと、その能天気な様子にふと同情を覚えた。文代は安堵の表情を浮かべているものの、やはり、一言《ひとこと》言わずにはいられない様子である。

「お嬢さま、あまり身勝手なことはなさらないでください」

「海を見に来ただけよ」

咲江に反省のかけらもない。

文代は口をあんぐりとさせた。警護の身としては無責任に放ってはおけない。

「心配するのはもっともでござる。ご自分の立場をよくお考えになってくだされ」

「わかったわ」

さばさばとした咲江である。

「ならば、これで帰りますぞ」

「まだ来たばかりでしょう」

咲江は抗《あらが》いはしたが、それでも源之助が厳しい目を向けると渋々といった様子で従った。

「行きますぞ」

横でうなだれている文代にそう声をかける。咲江は不貞腐れたように頬を膨らませると足早に歩きだした。

「やれやれ」

思わず呟く源之助だったが、波と戯れる咲江の姿が深く脳裏に刻まれた。

三

信濃屋に戻った。重左衛門が永田が来ているという。先ほどの座敷で永田と向かい合った。

「早速に、お働きくださり、まことにかたじけない」

永田の丁寧な挨拶に、源之助も文句を言うこともできない。

「咲江殿を洲崎弁天社にお連れいただいたとのこと」

「いかにも」

源之助はいかつい顔を綻《ほころ》ばせた。

「いかがでござった」

永田の問いかけは思わせぶりだ。

「まあ、活発なお方ですな」

「活発でござろう」

永田の顔に苦笑いが浮かんだことでその困惑ぶりがわかる。

実際、

「まったく、困ったものなのです」

永田は言葉でも表した。困ったものなのだということが、そんな咲江を自分の側室とした藩主宗盛のことを暗《あん》に批判しているのだということは源之助にもわかる。忠義を尽くさねばならないのだろうが、いかにも困った様子がありありとしていた。

「伊賀守さまはお健やかでございますか」

話題を変えようとした源之助の問いかけに、永田は苦渋の色を浮かべた。

「いかがされたのですか」

「至って、不機嫌であられる」

「やはり、咲江さまに会いたいとお考えなのですか」

「そういうことで」

永田が答えたところで咲江が入って来た。咲江は源之助を見ながら、

「永田殿、もう少し男前を寄こしてください」

「蔵間殿はなかなかの男ぶりでござるぞ」

永田が平然と答える。

「わたしが求めているのは、もっと、優しげな男なのじゃ。こんな無骨な者ではない」

露骨に過ぎる咲江の物言いに源之助は苦笑を浮かべるしかない。

「咲江殿の身を守ることが肝要。それが殿の何よりの望みでございますぞ」

永田は諭すように言う。

「ならば、男前には拘《こだわ》らぬ。面白い男を寄こしてくだされ。でないと、息が詰まります」

「我儘を言われますな」

永田が強い口調で返す。

「我儘ではないと思います。望みを伝えただけです」

咲江も負けていない。

「それを我儘と申します」

「なによ」

ついには咲江はむくれた。

言葉を挟めない源之助は黙り込むしかない。

「少しは自覚いただきたい。咲江殿の振る舞い、桂木家を危うくするものでござるぞ」

永田は睨みつけた。

「知らない」

咲江は横を向く。

「よろしいか、桂木家の領地内の領民ども、家臣とその家族のことを少しは考えてくだされ」

「ご領地に行ったことはない。領民などと会ったこともないわ。それどころか、江戸の御屋敷にも足を踏み入れてはいないのですよ。それに、わたしは、殿さまに請われてやって来たのです。自分から望んでやって来たのではないのです。金で買われて来たのです」

咲江は開き直った。

「まあ、それは……」

永田が顔をしかめる。

「そんな顔をしたって駄目です。それが本当のことです。わたしは、元は吉原の花魁、金で買われただけの女です」

「ですから、それはそれまでの咲江殿。今の咲江殿は桂木家十万石の藩主の側室。そのことを自覚くだされと申し上げておるのです」

「自覚なんてないわ」

咲江は面白くなさそうに言う。

「お願いします」

永田は再度頭を下げる。咲江はしばらく黙り込んでいたが、

「今日はもういい」

と、立ち上がった。が、すぐに何かを思い出したように再び永田に向き直った。

「芝居見物はどうしたのですか」

「それはいずれ」

「いずれ、いずれって、一体、いつなのですか」

咲江の口調が強まる。

「ですから」

永田はしどろもどろとなった。

「もう、いい！」

咲江はすねたように言葉を投げつけるとそそくさと出て行った。

「いやはや」

永田はばつが悪そうに頭を掻いた。

「ご苦労、お察し申し上げる」

源之助はようやくのことで口を開いた。

「致し方ござらん」

永田の口調には諦めた雰囲気が漂っていた。おそらくは、藩内からの突き上げは相当に強いものがあるに違いない。宗盛は必ずしも名君ではないという。国許の右衛門助盛貞はそれに比べて英明であるらしい。今回、宗盛が咲江のような側室を持ったということで、宗盛への批判はさらに強まろう。とすれば、宗盛を擁護する永田も苦しい立場に追い込まれるに違いない。いささか、いや、大いなる同情をせざるを得ない。まこと、忠義一途《いちず》というものも大変なものだ。

ふと、源之助は己が立場を考えてみる。

自分は奉行所の役人だ。ところが、奉行は主君ではない。一定の期間、その職に留まるだけで幕府の人事によって交代される。だから、奉行に忠節を尽くすというよりは、あくまで奉行所の役目に尽くすということになる。では、忠節を誓うべき主君は誰だ。

他ならぬ将軍徳川家斉《とくがわいえなり》である。

八丁堀同心、禄高三十俵二人扶持、いたって軽輩の御家人、将軍へのお目見《めみ》えなどもできない身分ではあるが、主君は将軍家斉である。生まれてこのかた、ただの一度も言葉を交わしたこともなければ、その姿を見たこともない主君だ。だから、将軍が主君であることはわかりつつも、それが実感されない。いささか、いや、大いに不遜であるかもしれないのだが、それが現実である。

そんな自分に比べ、大名家の重臣たる永田は忠義、忠義で生きてきたのだろう。いくら、暗君であろうと忠義の道を踏み外してはならないのである。

「面目ない」

永田は言った。

「ご苦労、お察し申し上げる」

「いや、いや、弱音は吐いておられませぬな」

「老婆心ながら、たとえ、今回の評定所式日はこのまま逃れられるとしても、この先、咲江さまを藩邸にお迎えするのは、何かと火種をもたらすことになるのではございませんか」

思い切って切り出してみた。

永田は苦渋に満ちた顔になった。

「余計なことかもしれませんが」

「そのことでござる」

「何かお考えがございますか」

「いや、そういうわけでは。ただ、咲江殿には自覚を持ってもらうことしかないかと」

永田は伏し目がちになった。

「そんなことできますかな」

源之助は訊いてから、いささか意地悪な問いかけをしてしまったかと後悔した。

「きっと、そうさせます。咲江殿とてわかっていただけると信じております」

永田がそう言うことは心情としてはよくわかるが、それは実際問題できるかどうかというと、無理と思わざるを得ない。咲江という女と接してみればみるほど、その疑念は強まるばかりである。

「蔵間氏が危惧なさっておられることはよくわかります。しかし、諦めることはできないのでござる」

永田は血を吐かんばかりの苦しげな様子である。その表情を見れば、源之助とて放ってはおけない。そんな気にさせられる。

「咲江殿もそうですが、畏れ多くも伊賀守さまにもご自覚を持っていただくことが肝要と存じます」

「いかにも」

「それこそが、先なのではございますまいか。伊賀守さまが、桂木家十万石の藩主というご自覚が芽生えれば、咲江殿のことも自然と解決致しましょう」

つまり、藩主の自覚が芽生えれば、当然ながら幕府から目をつけられるような吉原の花魁を側室にするなどという気は起きないということだ。

「まさしく」

答えた永田の苦悩は更に深くなっていったようだ。

永田の苦渋の表情が晴れることはない。心の底からの同情と同時に、同じ武士であっても自分とは無縁の世界であることを思わずにはいられない。

「では、拙者はこれにて」

源之助は立ち上がった。

夕五つまで信濃屋にいる約束だ。それからは、永田が警護の侍を寄こすという。一応、咲江が寝泊まりをしている離れ座敷を確認することにした。

広大な庭は築山《つきやま》や石灯籠、季節の花を愛でることのできる回遊式庭園であった。もちろん、今は桜が優美に咲き誇っている。広い池には材木問屋らしく貯蔵用の材木が浮かんでいた。母屋も離れ座敷も瓦葺屋根に檜造りだ。離れ座敷は渡り廊下で母屋と繋がり、周囲を濡れ縁が巡っている。障子が閉じられているため、中の様子を窺うことはできなかった。

四

源之助は木場から帰り、八丁堀の組屋敷近くへ戻って来た。すると、見覚えのある男が歩いて来る。

「蔵間殿」

声をかけてきたのは浦河助次郎だった。

「これは、浦河殿」

源之助も挨拶を返す。

「よろしかったら、ご足労願いたいのですが」

「かまいませぬが」

果たして何用であろうか。永田と会ってきたばかりである。源之助は浦河に導かれ、通りを歩きだした。八丁堀の外れまでやって来る。妙に寂しい所になった。なんだか嫌な予感がする。浦河は口数が少なくなった。八丁堀の船宿に至った。

「これから、船に乗るのでござるか」

船に乗るとなると、何処へ行こうというのだろう。

「いえ、そういうわけではござらん」

浦河は二階を見上げた。

「ここにどなたかとお待ち合わせでござるか」

「どうぞ」

浦河は無言で船宿に入った。仕方なく、源之助も続く。船宿の女将《おかみ》に浦河が目配せをすると二階にお越しですと言う。浦河は無言で階段を上がる。源之助は不思議と躊躇う気持ちは生じなかった。危険が迫っているのかもしれない。それは咲江がらみであることを直感が告げている。

足音を踏みしめながら階段を上がる。上がって右手の部屋の襖越しに浦河が源之助を連れて来たことを告げた。中から返事が返され浦川が襖を開ける。

「蔵間殿」

浦河に促され部屋に入った。そこには立派な身形《みなり》の侍が座っている。侍は、

「桂木家国家老吹越光太夫でござる」

と、会釈を送ってきた。

国家老吹越は右衛門助盛貞を推す一派の重鎮のはずだ。その男が密かに江戸に潜入してきたことはわかる。わからないのは浦河との取り合わせだ。浦河は永田の指示で宗盛を守るべく働いているのではないのか。

「さ、どうぞ」

浦河に促され源之助はともかく吹越の面前に座った。

「驚かれたか。それとも、それほど驚くことでもなかったかな」

吹越は言う。

歳の頃、四十くらいであろうか。色白で切れ長の目、いかにも神経質そうだ。切れ

者という感じがする。

「浦河殿はどうしたお立場なのですかな」

源之助は浦河に視線を向ける。

「わたしは、桂木家を改革すべきと思っております。英明なる右衛門助盛貞さまを藩主として戴き、質実剛健の家風とすべきと信じております」

浦河にこんな一面があるとは思ってもみなかった。誠実ではあるが、ひ弱で従順な若侍、とばかり思っていたが、眼前の浦河にはぎらぎらしたものを感じる。改革という言葉からして、大きな野心を抱いているかのようだ。

「ほう、改革ですか」

「いかにも」

浦河は吹越と共に右衛門助盛貞を擁立することを語った。その目は熱病に冒されているがごとく、目元が腫れぼったくなっている。

「すると、殿さまを除こうと考えておられるのですか」

「いかにも」

浦河の声は厳しい。吹越に視線を移す。吹越は穏やかな調子で、

「これは、桂木家存亡に関わることでござるからな」

「部外者のわたしから申してはなんでござるが、御家騒動ということになるのではござらんのか」

源之助は吹越の目を見た。

「そうならぬように手を打っておる」

吹越は平然たるものだ。

「それは老中津坂丹後守さまのことでござるか」

「いかにも」

「桂木家の領地のうち三万石分を御公儀に上納するということで御家騒動を収めるということですな」

「悪いと申すか」

「とんでもございません。一介の町奉行所同心が御老中と名門大名家のなさることに意見など差し挟めるものではございません」

源之助は軽く頭を下げた。吹越は探るような目を向けてくる。

「御家を改革するのです」

浦河が勢い込んだ。源之助は吹越から浦河に視線を移した。それがきっかけとなったかのように浦河は語り始めた。

「今、御公儀をはじめ各大名家の台所は大変に苦しいものです。我が桂木家におきましても例外ではござらん。にもかかわらず、殿におかれては、放蕩に身を持ち崩しておられる。領民どもの苦労も知らず、いや、目を向けようとなさらず……。血の滲むような思いで領民どもが収めた年貢を湯水のごとく使い、吉原の花魁などにうつつをぬかす有様」

浦河の頬は紅潮し、両眼には涙さえ浮かんでいた。

「そのような殿を戴いては……。よいか、蔵間殿。今、日本の近海はオロシャやエゲレスなど西洋の国の船に侵されております。まさしく、国を挙げて夷狄《いてき》に備えねばならない時なのです。国が一丸とならねばならないのです。西洋に対抗できる武器を持たねば。それには、台所事情を改善しなければなりません。大名家も御公儀もです。桂木家の領地一部を御公儀に収め、御公儀の台所改善に尽くすと同時に、桂木家は倹約を推し進め改革を断行するのです。改革を行うには殿では無理。英明な右衛門助盛貞さまこそが、藩主にふさわしいのです」

熱弁をふるった浦河は全身を震わせていた。

「我らの思いわかったか」

吹越の口調は冷静だ。

「お話はわかりました」

「ならば、我らのために一働きをせぬか」

「永田さまを裏切れと申されるか」

「裏切るということにはなるが、正しきは我らじゃ。咲江殿をさらう手助けをせぬか」

吹越は源之助の目を見た。

「お断わりします」

即座に答える。

「ほう、それは何故じゃ」

「わたしには政《まつりごと》のことはわかりません。御家の事情もです。ですが、武士として一旦受けた仕事を裏切ることはできません」

「武士の矜持《きょうじ》か」

吹越は源之助から視線を逸《そ》らした。

暗君といえど忠義を尽くすのが武士、というのが永田。暗君を除き御家の繁栄をはかるというのが吹越、浦河。

相反するがどちらも自分の道を正しいと信じているようだ。

「蔵間殿、咲江さまと接しられたであろう」

浦河が言った。源之助がうなずくと、

「あのようなお方を側室に迎える殿ですぞ」

「それは伊賀守さまの好き好きと存じます」

「大名の側室にふさわしいと申されるのか」

「ふさわしいかどうかを申しておるのではございません。好き好きだと申しておるのです」

源之助は腰を上げた。これ以上、議論してもどうなるものでもない。

「待たれよ」

浦河が引き止めたが、

「今日は足を運んでいただき、すまなかったな」

吹越は解放してくれた。

第三章　十万石の乱心

一

それぞれの立場があることがわかった。当然のことである。立場が違えば、考え方も違う。そして行動も違うということだ。そんな両派の動きはまさに御家騒動である。御家騒動に巻き込まれるのは御免で、いや、なんとしても避けねばならない。

そう思いながら八丁堀の組屋敷に戻ると賑やかな声が聞こえる。来客のようだ。誰だろうと思っていると、久恵が南町の同心矢作兵庫助《やはぎひょうごのすけ》と妹の美津《みつ》が訪れたことを伝えた。美津は誰あろう源太郎の見合い相手である。見合いをしたのは文化八年（一八一一）の霜月《しもつき》であったから、かれこれ一年と四月が経つ。

居間に顔を出したところで、

「お帰りなされ」

真っ先に声をかけてきたのは矢作である。横で美津がにこやかに座っている。牡丹の花のようなその笑顔は、いかにも春爛漫の時節にふさわしい。それに対して源太郎は怖い顔でむっつりと黙りこくっていた。

「兄妹、お揃いでようこそ」

源之助は息子のしかめっ面に腹を立てながらもいかつい顔を精一杯綻ばせ、二人を迎えた。

「実はこのたび」

矢作が話を切り出そうとしたところで、久恵が源太郎を促す。それを見て矢作も源太郎の言葉を待った。むっつりと黙りこくっていた源太郎だが、意を決したように背筋を伸ばした。それから源之助に向き直り、

「このたび、美津殿と夫婦約束を交わしました」

と、言った。

源之助の胸にもやっていた桂木家の御家騒動がすうっと消えていく。源太郎の仏頂面《ぶっちょうづら》が照れ隠しとわかり、面映《おもは》ゆい気持ちになった。実に喜ばしい限りである。見合いの直後、源太郎は美津に気後《きおく》れしていた。美津は聡明さと気丈さに溢れ、その上

武芸の心得もあった。しかも、剣の腕では源太郎に勝る。そんな美津にふさわしい男となるまで、源太郎は夫婦約束を交わさないできたのだ。

源之助が言葉を発しないため、しばらく沈黙が続いた後に、

「美津殿、こんな男でよろしいのですか」

つい、そんな憎まれ口をきいてしまった。美津は恥じらいを浮かべると思ったが、

「わたくしこそ、ふつつか者でございます」

と、しっかりと答えた。さすがは美津だと源之助は思った。口ごもったり、言葉を詰まらせるということがない。自分の意志をきちんと伝えるということは美津の美徳であり、美津らしさでもあった。

「源太郎、美津殿を嫁とするからには、一日も早く見習いを卒業せねばな」

「はい」

源太郎は力強く返事をする。

「いやあ、めでたい」

矢作が声を上げた。

久恵はわずかに顔を曇らせた。源太郎のことを不安に思っているのだろうか。

「ちゃんと、こちらから矢作さまの御屋敷に出向いてご挨拶をすべきなのです」

そのことを久恵は不満に思い、矢作と美津に申し訳なさを感じているようだ。

「わかった。結納《ゆいのう》じゃな。好日を選んで行うとしよう」

源之助も言う。

「いやあ、堅苦しい挨拶は無用です」

矢作が抗うと、

「矢作さまのためではございません。美津殿のためです」

久恵にしては珍しい強い口調だ。なるほど、久恵が言うのももっともである。こればかりは譲れないという久恵の意志を無視することはできない。矢作も神妙な顔で久恵の言葉を受け入れ、美津はこの時ばかりは恥じらうような女らしさを示した。

「日取りは後日決めるとして、まずは内輪ながら祝うとしよう」

源之助は酒の支度を言いつけた。美津が矢作に遠慮するよう目で言っていたが、矢作はそれを受け流し、

「今日は飲むぞ、蔵間殿、大いにやりましょう」

「それほどには飲めぬが、飲まぬわけにはいくまい」

源之助の胸に喜びが湧いてきた。美津が立ち上がる。久恵に付き従って台所仕事を手伝うつもりのようだ。女二人が部屋から出て行ってから、

「源太郎、責任重大だぞ」

「はあ」

「しっかりせねばな」

「はあ」

あまりに緊張の面持ちで繰り返す源太郎に、

「源太郎殿もその辺のことはよくわかっておりますよ。美津こそ、おれが育てたので、男勝りなことこの上のない女ですが、それはご承知おきくだされ」

すぐに酒と膳が運ばれて来た。ささやかな宴が催された。矢作の飲みっぷりは見ていて気持ちがいい。丼に酒を注ぎ、一口か二口でくいくいと飲み干す。矢作に煽られて源之助は珍しく銚子二本を飲んだ。赤ら顔の源之助に対して、今日は酒好きの源太郎が素面《しらふ》である。

「兄上、そろそろ」

美津が夜遅くなったことを気遣った。

「おまえ、先に帰れ。おれはもう少し、蔵間殿と飲む」

「そのようなこと、失礼です」

美津がぴしゃりと言う。

「いいではないか」

矢作は聞かない。

「源太郎、美津殿をお送りせよ」

源之助は源太郎に言いつけた。

「兄上、なりませぬ」

それでも美津は矢作が留まることを諫めたが、

「送ってまいります」

源太郎が立ち上がったため矢作の意見が通った。源太郎と美津がいなくなったところで、矢作は飲み直しとばかりに源之助に向いた。

「近頃は影御用、いかがでござるか」

矢作は興味津々《しんしん》の目を向けてくる。

「特別に何もしておらん」

源之助はぶっきらぼうに答える。

「また、そのようなことを。蔵間殿のことですから、きっと、厄介な一件に首を突っ込んでおられるのではないのですか」

矢作は酔眼を向けてきた。

「まあ、全くなくはないがな」

「なんです」

たちまち矢作は反応する。

「今は申せぬ」

きっぱりと言った。事実、桂木家の御家騒動、軽々しく口に出していいものではない。それは奉行所の同心として以前に武士としてやってはならないことだ。武士は相身互い。

「そうか、これ以上は聞くまい。蔵間殿のことだ。一旦、こうと言い張ったことはどこまでも貫かれる。それが、蔵間源之助だからな」

矢作はがははと笑った。

「頑固者と思っておるのだろう」

「そうだ」

矢作は遠慮がない。それがこの男の良さだ。

「言いおるわ。源太郎は厄介な小舅《こじゅうと》を持ったものだな」

源之助が言うと矢作は楽しそうに笑い声を上げた。それから矢作は改まった顔をして、

「妹をよろしく頼みます」

と、頭を下げた。

これには源之助も背筋を伸ばす。丼を畳に置き、

「こちらこそ」

と、生真面目に受け答えた。

矢作は源之助と視線が交わると恥じ入るように目をそらし、丼をあおった。そこへ久恵が入って来た。酒の追加を運んで来たのだが、

「お内儀、本日は遅くまで失礼しました」

と、頭を下げ立ち上がった。

「もう、帰るのか」

源之助は名残惜しくなった。久恵も戸惑っている。

「失礼致します」

丁寧にお辞儀をしてから矢作は居間を出た。久恵が見送ろうとするのを頑固に断り、玄関に向かった。玄関から鼻歌が聞こえてくる。よほど機嫌がいいようだ。久恵と顔を見合わせ、つい、笑みをこぼしてしまった。格子戸が開き、閉める音がしてから、

「これ、いかがしましょう」

せっかく燗をつけてきた銚子を久恵は気にした。

「そうだな」

源之助はもう飲めない。無理に飲めば、二日酔いになりそうだ。

「源太郎が戻ったら飲むだろう」

「でも、冷めてしまいますよ」

「燗覚ましでかまわんさ」

久恵はためらいがちに、

「頂いてもよろしゅうございますか」

妻の意外な言葉に返事をしないでいると、

「すみません。頂きますね」

久恵は美津のために用意した猪口に酒を注いだ。それから、源之助の視線を逃れるように横を向いて猪口を傾ける。

「はしたなくて申し訳ございません」

「そんなことはない」

むしろそんな久恵を好ましく思った。久恵とても今夜ばかりは祝わなくては気がすまないのだろう。まったく、源太郎は果報者だ。それはうれしくもあり、嫁がくるということで老いを感じもした。

「おいしい」

ほんのりと桜色に目元を染め、久恵は言った。

二

あくる四日の昼下がり、源之助は幸せな気分を味わっていた。桂木家の御家騒動はしばし静観だ。どっちの派閥にも加担しない。永田には悪いがそう心に決めた。気持ちが固まったからには平生でいられる。のんびりとした居眠り番の日常が戻ってきたのだ。

そこへ、小者が文を届けてきた。信濃屋重左衛門からである。いかにも先走ったような文字で文がしたためられている。その文字を見ただけで切迫したものが感じられた。内容はすぐに来て欲しいということだ。どうしてなのだという訳も何があったのかということも書かれていない。それが、かえって急務であることが察せられる。

御家騒動には加担しない。

そう決めたばかりなのだが、重左衛門の文はその決意を鈍らせるには十分過ぎるものだった。

躊躇いはない。

ままよ、大刀を摑むと源之助は勢いよく腰を上げた。

昼九つ、木場の信濃屋にやって来た。

出迎えた重左衛門の顔は蒼ざめている。源之助を見るなり、ひそひそ声で裏庭に回ってくれと頼んできた。重左衛門のただならぬ様子に大いなる危機感を抱きながら裏庭に回った。そこの離れ座敷、咲江が住まわっている座敷だ。

四方の障子が閉じられている。濡れ縁に舞い落ちている桜の花弁が陽光を弾いている。それが、春の深まりには不似合いな寂寥感を漂わせていた。

「どうしたのだ」

源之助の問いかけに重左衛門は無言で離れ座敷を見上げることで答えとした。それだけで咲江に何かがあったことが察せられる。重左衛門に続き、渡り廊下から離れ座敷に向かった。閉じられた障子を開ける前に重左衛門はちらっと源之助を見た。その目は真剣そのものである。

重左衛門はそっと障子を開けた。

源之助の目に血に染まった咲江が飛び込んできた。

「なんと」

思わず立ち尽くしてしまったが、さっと障子を閉じ、座敷の中に入る。座敷の真中で畳の上の血溜まりの中に咲江は突っ伏している。町娘の格好ではなく、大名の側室にふさわしい友禅染の着物姿で、豪華な打掛《うちかけ》は無残にも鮮血にまみれていた。源之助は傍らにひざまずくとまずは両手を合わせる。我儘勝手な女であったが、無残な骸と成り果てた今、仏に罪はない。静かに冥福を祈ってから亡骸を仰向けにさせた。

左の肩から右の脇腹にかけて袈裟懸けにされている。一刀の元に斬殺されたのを見れば、侍の仕業であることが明白だ。とすれば、吹越光太夫の差し金か。浦河あたりが手を下したのだろうか。浦河が宗盛の側室の居場所を知り、自《みずか》らが仲間をここに差し向けた。

しかし……。

それなら殺すことはあるまい。身柄を確保し、宗盛押し込めの貴重な証人にすればいいことなのであるし、それを永田は恐れていた。

「いつ、見つけたのだ」

「今朝、文代さまが見つけました」

「下手人の心当たりはあるのか」

「いえ」

重左衛門は視線をそらした。何か知っているのかもしれない。

「永田さまにはお報せしたのか」

「町飛脚を仕立てました」

永田がいる桂木家上屋敷は芝増上寺に近く、愛宕下《あたごした》の大名小路にある。間もなくやって来るだろう。

「昨晩、この離れを出入りした者はいるのか。それと、永田さまが桂木家中の家来を何人か残していったはずだが」

「それが」

重左衛門は躊躇いがちである。何か隠しているに違いない。

「それがいかがした」

少しばかり強い口調にしてみた。これは殺しなのだ、うやむやにはできないということを言葉の調子に込めたつもりだ。

「実は、殿さまがいらしたのでございます」

重左衛門の声音《こわね》は腹から絞り出されたようだ。なるほど、そういうことか。宗盛は我慢できなくなって咲江会いたさにやって来たということだ。咲江もそれがわかっていたから、町娘の扮装から側室の身だしなみを繕ったということだろう。

　重左衛門は座敷を出ると文代を呼んだ。文代がやって来るまでの間、重左衛門は口を閉ざし、源之助も黙り込んだため、座敷の中には重苦しい空気が漂った。源之助と重左衛門は離れ座敷の奥にある寝間に咲江の亡骸を運んだ。そこに敷かれてある布団に咲江を横たえる。それから寝間の襖を閉じた。

　そこへ文代がやって来た。

　文代は沈んだ表情である。

「さぞや、心に痛手を受けたことであろう」

　源之助は努《つと》めて優しく声をかける。

　文代は目を伏せ、身体を小刻みに震わせた。しばらく時を取ってから源之助は問いかける。

「昨晩のことを聞かせてくだされ」

　文代はきっと顔を上げた。

　離れ座敷の周囲には桂木家の家来五人が固めていたという。

「ところが、夜八つを廻った頃でございます」

裏庭が騒がしくなった。様子を窺うと駕籠が付けられ、宗盛がやって来たという。それには重左衛門も首を縦に振り、事実であることを証言した。

「殿さまは警護のみなさまを帰されました」

咲江に耽溺している宗盛ならばそれくらいのことはするだろう。

「それから、このお部屋で咲江さまと一緒にお酒をお飲みになりました」

これにも重左衛門は同意する。

「それから」

話の先を促した。

「殿さまはわたくしにも下がるようおっしゃいました」

文代は寝間の支度を整えてから辞去したという。

「それから、離れ座敷に出入りした者はおるのか」

「わかりません」

文代の声は消え入るようだ。咲江の死に対する責任を感じているのだろう。とにかく、離れ座敷の周辺には立ち入らないように奉公人たちにはきつく言い渡してあった。重左衛門自身も特別に用事がない場合は足を向けないようにしている。

「おそらくは、殿さまとお二人きりでお過ごしになられたものと思います」

文代の声音は震えている。

「すると……」

一つの結論に達せざるを得ない。それは文代も重左衛門も同様とみえ、二人とも恐怖に身をすくめている。

「殿さまが、斬殺なさったということか」

源之助は言った。

が、文代が、

「ですが、殿さまはあれほどお方さまを愛でておられたのです」

「そ、そうでございます」

重左衛門はもつれる舌で言い添える。

「確かに愛でておられただろう。しかし、これは拙者の勝手な推測ではあるが、痴話喧嘩が起きたとしてもおかしくはない。咲江さまはあのように我儘なご気性。伊賀守さまに対して身勝手な振る舞いをなさったのかもしれない。なにせ、ここに閉じ込められ、ご自分では不自由な思いをなさっておいでだったからな。おまけに、伊賀守さまとて鬱憤が溜まっておられたとしても不思議はない」

源之助の言葉に重左衛門は苦渋の表情を浮かべた。

「殿さまは、咲江さまを斬殺なされ、何処へ行かれたのでしょう」

　重左衛門が訊いた。

「藩邸に戻られたのだろう」

　と、答えてからふと疑問が脳裏を過《よぎ》った。咲江を斬殺したのはいつ頃であったかはわからないが、宗盛が徒歩で帰るなどということはあるまい。駕籠を使ったはず。とすれば、駕籠は予《あらかじ》め手配していたのか。宗盛は昨晩は宿泊するつもりで、ここにやって来たのではないのか。文代には朝まで下がっていよと命じたという。宗盛は一晩を咲江と過ごすつもりだったに違いない。駕籠は朝に来るよう手配をしたことだろう。咲江斬殺は予期せぬ出来事ではなかったのか。初めから、咲江を殺すつもりでやって来たのか。そして、昨晩のうちに駕籠でここから立ち去ったということか。とすれば、宗盛は咲江を殺すということは、咲江への愛情を失ったというよりも、藩主としての自覚が芽生えたということなのだろうか。

　傾城《けいせい》の美女を斬る。

　決して誉められる所業ではないし、それどころか、不快感が強まるばかりである。

「殿さまが斬殺なさったのでしょうか」

　文代は心に引っ掛かるものがあるようだ。

「状況はそのことを伝えているが」

もし、見知らぬ者が宗盛が去ってからやって来たとしたら、咲江とて騒ぐに違いない。昨晩はそんな騒ぎはなかった。とすれば、見知らぬ者の仕業ではない。

いや、そうとは決められない。

宗盛が去り、咲江が寝静まったところを密かに襲うことができるのではないか。

いや、それはできまい。

咲江が気づかぬことはあるまいし、咲江は袈裟懸けに斬られていた。打掛を着たままだ。これは、斬った者と面と向かって立っていたことを物語っている。とすれば、相手は見知った男ということになるだろう。

やはり、宗盛の仕業か。

三

「このことは、御奉行所へは届けぬがよろしいのでしょうか」

重左衛門がおずおずと尋ねてきた。

「まずかろうな」

町奉行所の役人としては言ってはならないことなのだが、永田や重左衛門の苦衷を思えば、安易に事を表沙汰にはできない。まずは、桂木家中で落着に導かれるのがいいだろう。もっとも、我儘放題の吉原の元花魁であったとしても、命を奪われていいものではない。その死は放置できるものではなく、咲江の死にはきちんとした対処がなされなければ源之助とても黙ってはいられない。もし、宗盛の仕業であるのなら、たとえ十万石の殿さまであってもお咎めなしではすまされないだろう。

「まずは、永田さまのご到着を待って、対処を考えるのが上策であろう」

源之助の言葉に重左衛門はうなずいた。

「ひどいことです！」

文代が叫んだ。

「咲江さまは御家の事情に翻弄された挙句にお命を落とされた。哀れですな」

源之助とて同じ思いだ。

そこへ、女中が走って来た。続いて駕籠が付けられた。そこから、出て来たのはまだ若い身形の立派な武士である。咄嗟《とっさ》に、重左衛門は濡れ縁から庭先に下り立った。と、思うと武士に向かって両手をつく。それを見て、この武士こそが桂木伊賀守宗盛であるとわかった。

「咲江は」

宗盛の目はうつろである。源之助も庭に下り立った。片膝をついて宗盛に挨拶をしようとした時には宗盛は物も言わずに濡れ縁に上がった。それから、

「咲江は」

と、血迷ったような声で座敷を見回したと思うと、座敷を横切り奥の寝間の襖を開いた。それから、咲江の亡骸を見下ろす。

「咲江！」

宗盛は絶叫した。

「殿さま」

重左衛門が声をかける。しかし、そんな声は耳に入らないように宗盛は泣き崩れた。横で文代が平伏している。

「咲江、どうした」

宗盛は泣きながら咲江を抱き上げた。それでも、咲江が物言うはずはない。

「咲江、答えよ」

宗盛は咲江の身体を揺らす。

「ああっ」

宗盛はやっとのことで咲江の死を受け入れたのか、そこで、さめざめと泣き始めた。重左衛門と源之助はどう声をかけていいのかわからない。文代に至っては顔を上げられないでいる。泣き伏せる宗盛の背中を見ていると、この人が斬ったのではないのではないかという疑問が湧いてくる。もっとも、自ら手にかけておいて芝居ではなく、亡骸を見ているうちに悲しみを募らせてしまったということはあり得る。

宗盛はひとしきり泣き終えてから、いかにも親から叱責を受けた子供が泣き止んだように重左衛門を振り返った。

「誰じゃ」

まずは宗盛はそう訊いた。重左衛門は答えられないでいる。

「誰が咲江を斬った」

宗盛の声が尖った。

「それは」

重左衛門はどう答えていいのやらわからないようだ。すると、宗盛は視線を文代に移した。

「誰じゃ」

今度は文代に問いかける。

文代は答えられず両手をついたままだ。すると、

「答えよ」

宗盛は立ち上がった。

「そ、それは」

文代の声は震えている。

「おのれ、答えぬか」

宗盛は立ち上がった。その狂気じみた目は常軌を逸していた。

「おまえがついていながら」

「申し訳ございません」

文代は恐怖におののいた。

「おまえのせいだ」

宗盛は大刀を抜き放った。重左衛門が恐怖の目で逃げまどい、文代は全身を震わせて、

「お許しください」

と、泣き叫ぶ。

「そこへ、直れ」

宗盛は文代を見下ろした。最早、猶予はならない。

「お待ちくだされ」

源之助は宗盛の前に立った。そこで宗盛は初めて源之助に気付いたようだ。その目は狂気を帯び、源之助をも斬りかねない勢いだ。いや、斬られるかもしれない。

「貴様、何者」

宗盛は甲走った声を発した。

「北町奉行所の蔵間源之助と申します」

「町方の役人が何故ここにおる」

さすがに宗盛はいささかなりとも落ち着きを取り戻した。そこで重左衛門が前に進み出た。

「蔵間さまは永田さまにご依頼されまして」

かいつまんで、咲江警護の役目に源之助が就いたことを語った。

「永田がな……」

ここで宗盛は大刀を鞘に納めた。文代は部屋の隅に座った。

「昨晩、何者かに斬られたと思われます」

源之助が言うと、

「そんなことはわかっておる」

宗盛は鼻で笑った。

「昨晩、殿さまはこちらにまいられましたな」

源之助は負けていない。

宗盛の眉がしかめられた。それから、

「いかにも、まいった」

と、ぼつりと答えた。

「お帰りは何時でございますか」

「八つ半には帰った」

「お駕籠でございますか」

「藩邸まで夜道を歩いては行けまい」

「そう致しますと、駕籠は予め呼び寄せておいたのですか」

「そうじゃ」

「失礼でございますが、殿さまはお泊りになる予定ではなかったのですか」

「そうじゃ」

宗盛は吐き捨てた。それから、言葉少なであることを気にやんだのか、

「本日は登城の日じゃ。それゆえ、泊まるつもりはなかった」

「では」

と、気遣ったのは重左衛門である。登城はどうなったのだという思いは源之助も同様である。宗盛もそのことに考えが及んだのだろう。

「咲江が死んだと聞き及び、御城には病と届出を致した」

それを咎める気は源之助に起きなかった。

「すると、殿さまがお帰りになられてから咲江さまは斬られたということでございますな」

「そういうことになる。いずれかの賊が侵入したのか」

宗盛は首を捻った。

「そう考えられなくはないが、その可能性は低いと思います」

もし、賊が入ったなら、咲江が騒ぐはずであること、咲江が袈裟懸けに斬られていることを持ち出した。

「どういうことじゃ」

宗盛の目が光った。

「おそらくは顔見知りの者に斬られたのでございます」

「なんと」

宗盛の目は泳いだ。

「桂木御家中の方と考えるしかございません」

「おのれ、右衛門助の手の者か」

宗盛は歯噛みした。

「そうと決まったわけではございませんが」

源之助は慎重に対応することを求めた。しかし、そんな源之助の気遣いなどどこ吹く風というのが宗盛である。

「こうなったら、右衛門助に目に物見せてやる」

いかにも復讐に狂ったような宗盛である。桂木家にとって、まさしく騒乱の兆しであることがしっかりと感じ取れた。

「殿さま、軽挙妄動はお慎みくださりませ。御公儀の耳に入ったら厄介なことになります」

源之助なりの気遣いであったが、

「そうか、おまえ、このこと、御公儀に訴えるつもりか」

「そのようなつもりはございません」

「嘘を申せ」

再び宗盛は血走った目をした。

「お斬りになりますか」

「斬られたいか」

「斬られたくはございませんな」

「おまえも、命が惜しいのか」

「いかにも」

「ふん」

宗盛は鼻で笑うと、

「そこへ直れ」

「いやでございます」

源之助はいかつい顔を向けた。

「おのれ、無礼者」

宗盛が怒鳴った。

四

そこへ、

「殿！」

と、大きな声が響き渡った。

みると、国家老吹越光太夫が裏木戸から入って来る。脇には浦河助次郎も付き添っていた。

「なんじゃ」

宗盛は甲走った声を発した。

「畏れながら、殿、大変なことをなさいましたな」

吹越は宗盛を見上げた。

「なにを」

宗盛は威圧するように二人を見下ろしたが、吹越と浦河はずかずかと離れ座敷に上がり込み、険のある目をしている宗盛を無視してあっと言う間に寝間へと入り込んだ。

「これはなんとしたこと」

吹越は言う。

「殿がなさったのですか」

浦河が宗盛に向く。

「馬鹿なことを。おまえたちの仕業ではないのか」

宗盛は血走った目を向ける。

「何を申される。殿ではございませぬか」

吹越は強気である。

「おのれ、余を陥れる気か。右衛門助の走狗《そうく》め」

「情けないことを申されますな」

吹越は睨み返す。最早、君臣の交わりではない。お互い敵同士であった。

「謀反人！」

宗盛が言い放った。

「そうではありません。よろしいか。このような遊び女《め》を側室に迎えること自体が藩主にあるまじきこと。そして、その遊び女がこのような死に至った。そのようなこと、まさしく前代未聞の出来事でござる」

「黙れ」

「諫言でございますぞ」

吹越は声を励ました。

「黙らぬか」

「黙りません」

吹越は宗盛に迫った。

「おのれ」

宗盛は刀に視線を向けた。浦河の動きは素早かった。さっと、刀に飛びつきそれを持って宗盛の手の届かぬところとしてしまった。

「無礼者めが」

宗盛は口から泡を飛ばし、いよいよ気が狂ったとしか思えない錯乱状態に陥った。

「浦河は無礼を働いてはおりませんぞ」

吹越が鋭い目で睨む。

「不忠者め」

宗盛の怒りは頂点に達しようとした。浦河はじっと宗盛を見上げた。

「覚えておれ」

「殿、目をお覚ましください」

浦河は静かに告げた。

「その方ども……。余に歯向かうか」

宗盛は怒りに身を任せた。

そこへ、

「しばらく」

と、甲走った声がしたと思うと永田将監がおっとり刀で駆けつけた。永田は吹越と浦河を見て、

「なんの騒ぎじゃ」

「これが目に入らぬか。永田殿」

吹越は言った。永田は咲江の亡骸を一瞥《いちべつ》してから力なくうなずく。

「殿、帰りましょう」

永田は静かに言上《ごんじょう》する。すると、それを遮り、宗盛は言う。

「永田、この者どもは謀反を起こした。捕えよ」

その目はうつろだ。

吹越は冷笑すら浮かべている。

「永田殿、殿にはご隠居願った方がよろしいのではないか。でないと、当家は立ち行

かぬぞ」

「なにを」

永田は反発を示したものの、その目は死んだようにうつろとなっていた。いかにも、自分の敗北を認めているかのようだ。

「永田、おまえまで余を裏切るのか」

宗盛の面《おもて》は憤怒《ふんぬ》で燃え盛っている。

「拙者、殿のご幼少の頃よりお近くにお仕えしてまいりました。そのわたしが殿を裏切るようなことはございません」

永田の言葉には重みが感じられた。

「そうであれば、その言葉、態度で示せ」

その意味が永田による吹越一派の弾劾、粛清だった。吹越は受けて立つとばかりに、凄い形相である。

「永田、聞いておるのか」

宗盛は声を荒げる。

「聞こえております」

永田の声は妙にすがすがしかった。

「ならばやれ」

「できません」

永田はおそらくは生涯初めて宗盛に逆らったのであろう。宗盛は大きく目を見開いた。それから、

「そうか、やはり、おまえまでも余を裏切るのだな」

と、天を仰いだ。

「殿、お願い致します」

永田は両手をついた。

「こうまで、家臣に恵まれぬとは」

宗盛は濡れ縁に出て跪《ひざまず》いた。袴に桜の花弁が付着した。

「いいか、それはあまりに不謹慎なものぞ」

宗盛の声は衝撃の余り小さくなっている。

「殿、お駕籠を待たせております」

永田が言った。

「そうか」

宗盛は素直に聞き入れた。その力ない所作は全てを諦めたかのようだ。駕籠が乗り

入れられた。そこへ、宗盛が歩いて行く。引き戸が開けられ、宗盛は乗り込んだ。宗盛を乗せた駕籠はしずしずと去って行った。

「さて」

永田は吹越を向いた。

「こうなったら、ご隠居願うしかございますまい」

吹越は最早問答無用と言いたいようだ。

「いかにも」

浦河も勢いづく。

「しかし、それでは、わが領地から三万石を御公儀に差し出すことになるのですぞ」

永田は言った。

「それも、致し方なし」

吹越は冷めた口調で答える。

「それでも、桂木家累代の家来でござるか」

「あの殿ではいずれ遠からず、桂木家は改易《かいえき》に及んでしまう。そうなっては、我ら路頭に迷い、領民たちは新しき藩主の下、過酷な年貢に苦しむことになる」

吹越は正義は我にありと言いたげだ。

「御家老には、どうあっても殿にご隠居願うおつもりですか」

「御家のため、やむなし」

「このこと、御老中津坂丹後守さまにもご了解を頂くつもりなのですな」

「津坂さまに後ろ盾となっていただかなくては、この危機を乗り越えることはできません」

「それほどに、津坂さまは信用に足るお方であるのですか」

永田は皮肉っぽく尋ねた。

「いかにも」

吹越に微塵の揺らぎもない。

「拙者は信じられませぬが」

永田は薄笑いを浮かべた。

「いずれにしましても、最早、選択の余地はございません」

浦河が言った。

「貴殿らは、初めに結論ありきで動いておる。つまり、宗盛さま排斥ありきでな。それでは君臣の道に背くのではないのか」

「我らは大所高所に立った、忠義を示しておるのでござる」

「浦河、よくぞ申したものよ。ずいぶんと偉くなったものだな」

「皮肉ですか」

「皮肉ではない。心底そう思っておるのだ」

永田は笑みすら浮かべた。

「ここはご決断ください。桂木家の命運がかかっておるのです」

「命運な……」

永田は弱々しく答える。

「永田殿、永田殿にも責任の一端はございますぞ」

吹越が言う。

「いかにもその通り。わしが殿をお諫めできなかったのが、いけなかった。そのために、殿をして道を誤るがごとき所業をなさるに至ってしまったのだ」

永田ががっくりとうなだれた。

源之助はいたたまれなくなった。

「永田、あの殿ではどうにもならぬぞ。おまえの責任ではない」

吹越は慰めに回った。

それは勝者の余裕だった。

第四章　陰謀の改革

一

「たとえ、暗愚の主君であっても誠心誠意お仕えするのが臣たるものの務めと信じる」

永田は声高ではないがしっかりと自分の信念を伝えた。吹越と浦河はそれについては何も答えなかった。

浦河が、

「蔵間殿、このことどうかご内聞に願います」

と、声をかけてきた。

「むろん、そのつもりでござる」

源之助はきっぱりと返事をした。永田はそれを見て、

「では、拙者は藩邸に戻ります」

「わたしも」

吹越は言った。それから、

「家中は殿ご隠居で意見の統一をはかっておる。今さら、反論めいたことはせぬがよい」

吹越は永田に釘を刺した。

「殿ご隠居などという大事に当たって、家臣どもの意見を聞くは当然と思います」

永田とて形勢が決したと承知しているが、これは意地のようなものだ。おそらくは吹越が宗盛隠居で藩論を統一しているに違いない。そして、老中津坂丹後守も即座に動きだすことだろう。

源之助には、外様の名門桂木家御家騒動の嵐の渦中に立ち会っていることに現実感が湧かない。何か夢を見ているような気になって仕方がないのだ。しかし、これはまぎれもない事実、過酷で無慈悲な権力闘争であるのだ。いくら泰平の世といっても、権力を巡る争い事が絶えるものではない。

「拙者は藩邸に戻ります」

永田は肩を落とし立ち去った。その哀れな背中が消えるのを待ち、吹越も藩邸に行くと言い、浦河に咲江の亡骸の始末を命じた。

「蔵間氏、いずれまた」

吹越はそう一言言い残すと颯爽と立ち去った。

源之助は浦河と向き合った。

「咲江さま、斬殺、一体、誰の仕業でございましょう」

ここで源之助は疑問を口に出した。

「それは、殿でござろう」

浦河は決然と言う。

「伊賀守さまは否定しておられますぞ」

「ご自分の過ちをお認めにならないのは殿らしいこと」

浦河はにべもない。

「日頃の伊賀守さまのことはわかりませんが、こちらにいらして、咲江さまの亡骸に接しられた時のご様子、尚且つ、そのお言葉を聞くにつけ、嘘は感じられませんでした」

「貴殿も申されたように日頃の殿をご存知ないからだ。嘘でないと思ったのは、貴殿、何か拠り所とするものがおありなのか」

　浦河の口調は強いものになった。

「勘です」

「勘、八丁堀同心の勘ですか。なるほど、それは侮れぬと思いますが、いかにも心もとないものですな」

　浦河は皮肉たっぷりである。それにかまうことなく源之助は続けた。

「しかし、調べてみる値打ちはあるのではございませんか。伊賀守さまは夜九つに駕籠を呼び寄せたとおっしゃられた。そのことを確かめてはいかがでしょう」

「調べてなんとするのです」

「伊賀守さまの証言の裏が取れます。実際に、夜九つには藩邸にお戻りになられたことがわかるというものです」

「それがわかったとて、咲江さまを斬殺なされなかったことにはなりませんぞ」

「いかにも。しかしながら、伊賀守さまのおっしゃることが全て出鱈目《でたらめ》ではないとわかるはずです」

　源之助は強い眼差しを浦河に注いだ。

「しかし、流れは変わりませんな」

浦河は冷めた口調で返す。源之助が無言で説明を求めると、

「殿の御隠居の流れは変わらぬと申しておるのです。たとえ、殿が咲江さまを斬殺したのでないとしても、最早、殿排斥の流れは止められません」

「では、咲江さまはどうでもいいとおっしゃるのですか」

源之助は怒りすら感じた。

正直、咲江という女に同情する気などさらさらない。それどころか、その言動は怒りを通り越して呆《あき》れすら感じていた。だが、それでも殺されていいものではない。この世に殺されていい人間などいないはずだ。せめて、咲江を殺した者を明らかにし、その者に罪を償わせることが必要なのではないか。

洲崎弁天近くの浜辺で波と戯れていた咲江の姿が脳裏を過《よぎ》った。楽しげな、子供のような、あれが素顔であったような思いが今になって源之助の胸に迫ってきた。

「咲江さまを殺《あや》めた下手人を明らかにしたいと思います」

源之助は言い切った。

「その必要はなし」

浦河は引かない。

「伊賀守の仕業、伊賀守さまに罪をなすりつけるのでござるか」

「なすりつけるのではない。桂木家では伊賀守さま、錯乱ということで事の収拾を計る。そうであるからには、貴殿、今さら余計なことはなさらぬがよろしかろう」

浦河は今にも大刀を抜かんばかりの口ぶりだ。

「そればかりは、お約束しかねる」

源之助とて屈服するつもりはない。

「ほう、このこと、北町奉行所で取り調べを行うということですか」

「奉行所では行いませぬ。あくまで、わたしの一存。わたしの影御用として行うつもりでござる」

「やめた方がよろしいですぞ」

「それは忠告ですか」

「そう受け取っていただいて結構」

「聞くだけは聞いておきましょう」

源之助は踵を返した。

釈然としないまま翌五日を迎えた。

居眠り番に出仕したものの、咲江斬殺の一件を奉行所で報告するにはあまりにも事が重大に過ぎる。十万石の名門大名家の命運、それればかりか藩主の醜聞に巻き込まれ、そこには天下の政を担う老中もからんでいるのだ。とてものこと、一介の町奉行所同心が立ち向かえる一件ではない。

二畳の畳にごろりと横になった。いつもなら、そのまま心地よいまどろみに身を任せることになるのだが、今日ばかりはぱっちりと目が冴えている。頭の中は桂木家のことが渦巻いている。

すると、そこへ来客があるという。誰だと思っていると他ならぬ信濃屋重左衛門だった。

「まあ、入れ」

源之助は重左衛門を招き寄せた。重左衛門はよろめきながら歩いて来ると伏し目がちに座る。その憔悴した様子は桂木家の存亡と重なっているに違いない。

「桂木家は右衛門助盛貞さまが藩主となり、宗盛さま不行状の事は三万石を御公儀に捧げることで改易を回避することになりそうだな」

「その通りでございます」

重左衛門は言った。

「信濃屋としては店の危機ということか」

「困り果てました。一体、この先どうすればよろしいのでしょう」

「冷たい物言いのようだが、商いごとを相談されてもわたしには答えようがない」

言葉を取り繕っても仕方がない。

「それはわかります」

重左衛門とてそれはわかっている様子だが、苦衷の胸の内を語らねば気がすまないのだろう。

「桂木家騒乱の嵐に巻き込まれたことは同情するが、これまで、桂木家のお蔭で利を得てもきたのではないか」

いささか突き放した物言いだが、下手《へた》に同情したところで解決にはならない。

「それはそうですが」

重左衛門の口から深いため息が漏れた。その姿を見れば何か言葉をかけずにはいられなくなった。

「檜や杉の産地が天領になったとしても、それで即座に商いが細くなるとは限るまい。その地を治めることになる代官にきちんと話をつければいいではないか」

「店の商いのことだけではないのです。実は他にも気になることがございます。このこと、わたしの胸に収めるにはあまりに大きなことでございまして」

重左衛門は秘密めいた物言いとなった。商い以上に気になることとはなんだ。てっきり、家運が傾くことを危ぶんでいるとばかり思っていただけに、大いなる興味をそそられた。

「咲江さまのことです」

重左衛門は更に声を低める。

「咲江さまがいかがしたのじゃ」

「こんなことを申してはなんでございますが、咲江さま、殿さまの目を盗んでさる男の方と密通をしておられたのです」

「ほう」

いかにも咲江ならありそうだ。意外ではあったが、さほどの驚きはない。重左衛門が思い詰めるほどのことではあるまい。

だが、重左衛門の目に宿った暗い光が源之助の同心としての勘を刺激した。

「まさか、その男が咲江さまを殺めたのか」

言葉に出してから胸が震えた。

「確たる証《あかし》はございませんが」

と、重左衛門が答えた時、

「失礼します」

　という声がした。

「いらしたようだ」

　重左衛門が戸口を振り返る。引き戸が開けられ、そこには女が立っていた。紫の御《お》高祖《こそ》頭巾を被っているのは、まごうかたなき文代である。

「これは文代殿」

　意外な事の展開に源之助は口を半開きにした。

「失礼申し上げます」

　文代は御高祖頭巾を脱ぎ、しずしずとした所作で入って来た。

「蔵間さま、断りもせずにまいりましたこと申し訳ございません」

　文代は両手をついた。

「お二人は示し合わされたのかな」

　源之助は重左衛門と文代の顔を交互に見た。

　文代が詫びるように頭を下げた。

「詫びるようなことではござらん」

「文代さまにも来ていただいたのは」

重左衛門の言葉を遮り、

「咲江さまの浮気についてですな」

源之助は言った。重左衛門はこくりとうなずき文代は目をしばたたいた。

「文代殿はその相手をご存じなのですか」

源之助が尋ねた。

文代はきっと両目を見開き、

「浦河助次郎さまです」

「浦河殿……」

そのこと自体に驚きはない。意外に思うのは文代の口から浦河が下手人と語られたことだ。

「文代殿はそのことをご存じであったのですか」

二

源之助の問いかけに文代は思いもかけないことを語った。

「実を申しますと浦河さまはわたくしと夫婦約束をしていたのです」

黙って話の先を促すと、文代は更に予想外の話をした。咲江に仕えることになった文代を浦河は訪ねて来た。訪ねて来た浦河に咲江が興味を示した。すなわち、横恋慕したのである。咲江は色目を使って浦河を抱き込んだ。そして、宗盛が尋ねてこないことを幸いに浦河を離れ座敷に引き入れるようになった。

「そして、昨晩も」

文代の声は冷めていた。それは夫婦約束をした浦河の裏切りに対する怒りと浦河を誘惑した咲江への憎悪に彩られている。

「では、浦河殿が昨晩、伊賀守さまの後にやって来られたと」

源之助は言った。

「そうなのです」

文代は浦河が裏木戸から入って来るのを見たという。

「では、浦河殿が咲江さまを殺めたということですか」

「そこまでは、確かめておりませんが」

文代の口ぶりは言葉とは裏腹に浦河が咲江を斬ったと確信しているようである。そして、浦河が咲江を訪ねて来たのを重左衛門も見たことを証言した。先ほど重左衛門が話すことを躊躇《ためら》っていたのは、このことだったのだ。

陰謀が見えてきた。

浦河は咲江に接近し、宗盛が信濃屋に忍んで来る日を確かめたのだろう。そして、あたかも宗盛の仕業であるかのように見せかけるため、咲江斬殺の機会を窺っていたに違いない。

「大それたことでございます」

重左衛門が嘆いた。文代も横で泣きだした。土蔵の中に居眠り番らしからぬ湿った空気が流れだした。

「わたくしは、殿さまのことはよう存じません。評判をお耳にするにつけ、その振舞いは感心するものではございません。ですが、そのような手口で陥れられるということには憤りを抱きます」

「浦河殿のことはいかに思われる」

「あのお方は出世に魅入られてしまわれたようです。右衛門助さまが藩主になられた暁には藩政の改革を行う御用方となられ、今の石高五十石から百石に加増を受けるとのこと。ゆくゆくは重臣へと上り詰められるおつもりのようです」

やはり、出世欲ということか。あまりにもはっきりとしたことだ。人間、そう、無心でできることではない。みな、各々の利益を考えて行動しているのだ。そのことを悪いとは思わない。ふと、永田のことが思い出される。永田は少なくとも無私だ。暗君と承知で忠義を尽くしている。そのことで、己が私服を肥やそうとは思っていない。唯一の楽しみは場末の縄暖簾で酒を飲むこと。地味な着物、地味な暮らしぶり。ひたすら忠義に生きている。

己が出世のために邁進し、御家の改革という大義名分のために己が出世を企むことを悪いとは思わないし、己が信ずる改革のためには出世欲が闘争心となることも確かだろう。どっちの生き方がいいとか悪いではない。

ただ、どちらに好感を抱くかと訊かれれば、迷うことなく永田の生き方と源之助なら答える。

「このままでよいのでしょうか」

重左衛門が言った。

「浦河殿の罪を明らかにしたいと言われるか」

「そうです」

重左衛門が答える裏には重左衛門なりの算盤があるはずだ。咲江を浦河が斬殺したことが明らかとなれば、吹越にとっては大きな打撃になる。いやしくも藩主の側室を殺すなど大きな行状である。しかし、いみじくも浦河が言っていたように、桂木家の流れは宗盛排斥だ。老中津坂丹後守の後ろ盾もある。そんな中、咲江殺しが浦河であったことが明らかになったとしても、桂木家の減封は避けられまい。いくら算盤を弾いたところで、檜や杉の原産地は天領となるだろう。

するど、重左衛門が源之助の心を読んだように、

「お信じにならないかもしれませんが、商人の算盤などではないのです。浦河さまのことで、桂木家の減封が免れるとは思いません、しかし、商人にも意地がございます」

浦河の卑怯な手口が許せないのだという。

「確かに咲江さまには振り回されました。ですが、殺されていいものではございません。それに、殺した人間が堂々と大手を振って出世の道をいかれる。そのこと、許すことできません。商人の身でお武家さまの生き方に文句をつけるつもりはございませんが、それでも許せないものは許せないのです。蔵間さま、どうか、浦河さまの罪状、明らかにしてください」

重左衛門はちらっと文代を見た。文代も両手をつく。

「わたくしからもお願い申し上げます。こんなことを申しますと、はしたない女と思われるかもしれません。己が夫婦約束をした男に対する逆恨みとも思われましょう。どうお思いになっても結構でございます。咲江さまのためにも、このままでは咲江さまが浮かばれませぬ」

文代は咲江に対して複雑な思いを抱いているようだ。その人間性はひどいものだったが、それでも時折見せる可愛らしさというものには大きな魅力があったという。浜辺で波と戯れる咲江の姿はそれを物語っていた。

「やはり、このままではいけないと思います」

文代は言った。

「お話はよくわかりました」

源之助の言葉を重左衛門も文代も了承と受け止めたようだ。

「では、お引き受けくださいますか」

重左衛門は顔を輝かせた。

「やれるだけやってみよう」

今度ははっきりと了解の意志を示した。

「よろしくお願い申し上げます」

文代の粛々と頭を下げる所作が目に痛い。

「では、これを」

重左衛門は紫の袱紗包みを取り出した。

「それは無用」

即座に押しやる。

「何も蔵間さまを金で雇うなどという不遜なことを考えているのではないのです。商人というものは、銭金でしか気持ちを表せないのです」

重左衛門は受け取ってくれと心の底から願っているようだ。袱紗包みを開けた。二十五両の紙包みが二個。

「五十両か」

そう呟く。

源之助は紙包みを破くと五両だけを抜き取り、

「これだけ受け取ろう。正直、探索を行うとなると、やはり、金はかかるものだからな」

源之助の言葉に重左衛門はにっこり微笑んだ。

「ところで、咲江の母親だが」

「お種《たね》さんと申します。今は永代寺門前の二階建ての家で一人暮らしをしております」

「そのお種に、今回のことを騒がせようと思う」

亡骸はお種の所に引き取られる。当然、咲江が病などで命を落としたのではないとわかるだろう。お種が騒げば、浦河とても無視はできまい。桂木家、なかんずく、吹越と浦河は何らかの動きを示すはずだ。

明日にでも訪ねてみよう。

「では、これにて」

重左衛門は言った。文代も腰を上げる。二人を見送ってから茶を飲んだ。咲江の死により、影御用は終わったと思ったが、咲江の死が新たな影御用を作った。生涯、影御用と無縁ではいられないのかもしれない。それを喜んでいいのか。

喜ぶ、喜ばないはともかく、影御用は自分の業《ごう》というものなのかもしれない。

「業なのか」

そう自分に問いかけた。答えは行動で示そう。

それにしても、この先どうなるのだろう。浦河を糾弾することはできるのか。また、糾弾したとして、どうなるのだろう。事態に変化はあるのか。

「ま、それはいいか」

桂木家の行く末などは自分が関知することではない。山波のこれ以上関わりを持たないことですという忠告を無視してしまった結果が今日の事態を招いている。いかにも、自分らしいことなのだが。

「色々と事は起きるものじゃな」

源之助は苦笑を漏らさざるを得ない。自分の性分を呪いたくもなった。永田の顔が脳裏をかすめる。永田将監、この先どうなるのだろう。

「まさか」

ふとした不安に胸を鷲摑みにされた。

永田は今回のことで責任を感じている。永田の忠義一筋の性格を思えば、その気持ちは重いものだ。

切腹。

永田なら切腹をするかもしれない。そうなってはまこと悲劇である。取り越し苦労であって欲しい。

「永田さま」

思わず呟いた。

三

あくる六日の昼下がり、源之助は深川永代寺門前にある咲江の母、お種の家にやって来た。お種は小体《こてい》ながら二階建ての家に住んでいた。格子戸を開け、訪《おとな》いを入れる。時を置かず、ぬうっとした女が出て来た。疲れた顔をした中年女である。源之助を見ていぶかしげな表情を浮かべた。

「北町の蔵間と申す。娘子のことでまいったのだが」

お種は二度、三度うなずいてから源之助を家の中へと導き入れた。一階の居間で向き合ってから、

「娘はもうおりません」

と、お種は言った。意外とさばさばとした様子は気丈に振る舞っているというよりは、何処か関わりを避けているようだ。

「桂木の殿さまの側室になりましたから、いえ、吉原に行った時点でもう母娘の縁は切っていましたから」

お種は言い足した。

「死んだことは知っているのだな」

お種は一瞬口をつぐんだが、

「報せが届きましたから。急な病ってことでした」

と、その物言いはしゃあしゃあとしている。

「それが、病ではない」

源之助が言ったところでお種は横を向き、

「病ってことでした。桂木さまの御屋敷からお侍さまがいらっしゃいまして、お報せくださいました」

「その侍は名を名乗ったのか」

「浦河だか表河だかって」

お種はさも関心がないかのように言った。浦河のしたり顔が浮かんだ。

「急な病で亡くなった。弔いは当家で行うって」

見舞金を置いていったという。

「それで納得したのか」

つい責め口調になってしまうのは、母親として娘の死を悲しむのが当然ではないか
という思いからである。急な病、そう聞かされただけではいそうですかと自分の腹を

痛めた娘の死を受け入れられるものか。いくら、吉原に売ったとはいえ。あまりに薄情。

いささか咲江に同情したくなった。

ところがお種は割り切った様子で、

「納得もなにも、死んじまった以上、どうしようもありませんよ」

「それはそうだが」

「大体、八丁堀の旦那がなんですか。お咲、いや、咲江さまのことで何か御用があるのですか」

お種は反発に出た。

「実は、咲江さまは病で亡くなったのではない」

お種の表情を窺う。お種は無表情となった。源之助を探るような目をしている。

「斬られた」

お種は源之助から視線を外す。

「殺されたのだ」

お種は重い沈黙の後、

「そうですか」

と、視線を源之助に戻した。

「娘が殺されたのだ。下手人を挙げたいとは思わぬか」

「そりゃ挙げたいとは思いますけどね」

お種は立ち上がり、部屋から出て行った。待つほどもなく戻って来て、

「二百両ありますよ」

と、二十五両の紙包みを八個差し出した。

「見舞金ということか」

「そうです。浦河ってお侍が持って来てくださいました。つまり、騒ぐなってことですよね」

お種は淡々としている。

「口止めか。おまえは納得したのか」

「そうするしかないじゃございませんか」

「娘は殺されたのだぞ」

「でもね、今さらどうなっても生き返りはしないんですよ。それに、さっきも言いましたが、娘でもなければ母でもないんですよ。桂木伊賀守さまのご側室、咲江さまなんて、あたしゃ、そんな娘はいませんよ」

お種の目に涙が滲んだ。

空涙ではあるまい。お種はお種なりに娘の死を受け入れているのだろう。薄情者だと、お種を責めることはできない。お種に咲江の死を騒がせようと思っていた自分の企みは水泡に帰した。自分が甘かった。浦河が前もって手を打つことを予想できなかったこともさることながら、お種に頼り切っていた自分の無策こそ責められるべきだ。

「邪魔をした」

源之助は腰を上げた。

「お茶も出しませんで、すみません」

「達者でな」

源之助は振り向きもせずにお種の家を出た。

なんの収穫もなく、奉行所に戻ると居眠り番に文が届いていた。夕七つを回ったところだ。差出人は永田将監である。急いで開封した。

中は感謝の言葉が述べられている。

永田の人柄が伝わってくるようで胸がほんわかとした。すると、小者からさらに一通の書状が届けられた。

桂木家上屋敷からの書状で宗盛の隠居と永田の切腹が記されてあった。

「永田殿」

思わず嘆いた。

予想していたこととはいえ永田の切腹は衝撃的だ。永田なりにけじめをつけたということだろうが、その死はあまりに惜しいし、悲劇的でもある。ともかく、これで桂木家の御家騒動は落着へと導かれることになるだろう。自分の出番はないということか。

「情けない」

影御用失敗である。

いや、影御用を行うことすらできなかった。しかし、どうすることもできないのだ。

肩を落として居眠り番を出たところで定町廻り同心牧村新之助《まきむらしんのすけ》と会った。

「蔵間さま、おめでとうございます」

にこやかに挨拶をされ、一瞬、なんのことだかわからなかったが、源太郎と美津のことだと気が付いた。それほど、頭の中は永田の死、桂木家の御家騒動で満ち溢れている。

「いや、まあ」

つい、言葉が濁ってしまう。

「久しぶりに行きませんか」

新之助は猪口をあおる真似をした。そうだ、たまにはそれもいいだろう。

「そうだな」

返事をして二人は呉服橋を渡った。

日暮れ近くになり、日本橋の近くにある縄暖簾、以前、永田と入った店瓢箪の暖簾を潜った。

「蔵間さま、この店ご存じなのですか」

「一度だけ来たことがある」

「ほう」

新之助は入れ込みの座敷に入り、酒と肴を注文した。

「美味い肴を食わせてくれる」

「どなたといらしたのですか」

「さる、お大名家の家臣だ」

源之助がぶっきらぼうに答えたものだから、新之助としても、それ以上突っ込むのはよくないと判断したのだろう。口をつぐんで、酒と料理を受け取った。

「いかがされたのですか」

新之助は沈みがちな表情を浮かべる源之助をいぶかしんだ。息子の縁談が決まったというのに、この様子はいかにも不思議に思えたのだろう。

「まあ、飲め」

源之助は心の内を悟られまいと猪口を差し出す。新之助はこれは気が付きませんで、とあわてて酌をした。

「源太郎殿、よかったですな」

「源太郎には勿体《もったい》ない娘だ」

「南町の暴れん坊、矢作兵庫助の妹ですか。剣の腕も相当なものだそうですね」

「源太郎よりも上、かもしれんな。まったく、今から女房の尻に敷かれるのではないかと気に病んでおる。そうだ。あいつ、浮わついた気分でいて、御用に差しさわりがあるようなことはなかろうな」

源之助は苦笑を浮かべた。

「それが大変な張り切りようでございますぞ」

新之助は源太郎の奮闘ぶりを語った。それは源之助にとっても耳に心地よいものだった。

「この縁談、まさしく良というものです」

新之助は自分のことのようにうれしそうだ。源之助はしばらく息子の話を聞き、いい気分でいたが、それにつけても思い出されるのは永田のことである。再び源之助の表情が曇ったのを新之助は見逃さなかった。

「ところで、蔵間さま、少々、心配なことが」

銚子を向けながら新之助は言った。

「なんじゃ」

「なにやら、難しい一件に関わっておられるのではございませんか」

「どうしてそんなことを訊く」

「このところ、蔵間さまに来客が続いておるようです」

「偶々《たまたま》だ。いくら、暇な部署でもな、時として客くらいはあるものだ」

「それはそうでしょうが、それでも、何やら不穏なものを感じます」

新之助が飲みに誘ったのは、果たして、源之助の身を案じてのことのようだ。それはそれでありがたいのだが、今回の一件は迂闊には話せるものではない。

「いかがなのですか」

「もう済んだ」

わざと素っ気なく答えた。

四

「しかとでございますか」

新之助はそれでも納得のいかない様子である。

「心配には及ばん」

強い口調になってしまった。それが新之助の心配を深めたようだが、新之助もこれ以上問いかけることの無礼を思ったのか、口をつぐんだ。

それから二人は黙々と猪口を重ねた。

「ま、源太郎のことをよろしく頼む」

そう言って別れた。


組屋敷に戻ると、源太郎はいない。久恵によると、矢作の家に行っているのだという。代わりに来客があった。

山波平蔵である。

「お疲れでござる」

山波は好々爺然とした顔を向けてくる。夜分の訪問を詫びてから、

「少々、気になりましてな」

そう切り出した。

源之助は久恵に目配せをした。久恵は自分のいることを憚《はばか》り、居間からそっと出て行った。

「桂木家のことですか」

源之助は静かに訊く。

山波は大きくうなずくと、

「藩主、伊賀守さまは病にてご隠居なさるとか」

「いかにも」

「その陰には不穏なものがござろう」

かつて、永田から宗盛不行状の後始末を頼まれた一件が思い出されるのか、山波は相当に気にしているようだ。

「これ以上、関わられるなと申し上げたが」

山波は言葉を止めた。

「それが、少々、足を踏み入れてしまいました」

「やはり」

山波は言った。

「まったく、わたしとしたことがせっかくの山波殿のご忠告に耳を貸すこともなく、無謀なことをしたものです。いつまでたっても、思慮分別がつかぬものですな」

源之助は自嘲気味な笑いを浮かべた。

「それが、蔵間殿のよいところですな」

山波の笑みは心に沁み通る。

「永田さまが亡くなられました」

そう告げると山波は笑みを引っ込め、唇を嚙んだ。それから、

「こたびの騒動に関わるのですな」

「いかにも」

「切腹ですか」

山波は寂しげに首を横に振った。

「無情なものです。御家のため主君のために忠義を尽くしての果てが切腹なのですか

らな。それが、武士道ということなのかもしれんですがね」

「蔵間殿の責任ではありません」

山波は慰めるようだ。

「それはそうですが、何やら、割り切れぬものがあります」

「まさか、これから先も何かをやろうとなさっておられるのではございますまいか」

山波は一転して心配そうな表情となった。

「まあ、山波殿。わたしとて、命は惜しい。まだまだ、人生を楽しみたいですからな」

軽く笑う。

「そうですぞ。生きていることを楽しまねばなりません。一度きりの生涯ですからな」

山波から聞くとその言葉が重みとなって実感される。

「ご忠告痛み入ります」

どうやら、山波は源之助のことを心配してやって来たようだ。これ以上、桂木家と関わることの恐ろしさを訴えているのだろう。

「心配ご無用」

「まことですな」

「はい」

源之助は答えたものの山波を欺くことの後ろめたさがあるため力強さが感じられない。そのことは源之助自身がよくわかっていた。だが、山波はそれ以上は追及してこようとはしなかった。

「それでは、夜分お邪魔した」

山波はよっこらしょと腰を上げた。久恵が茶の替りを持って運んで来た。

「お内儀、もう、帰りますので」

山波は気さくに言う。

「でも、羊羹《ようかん》も切りましたので」

厚切りの羊羹を見ると山波の目が綻んだ。

「では」

山波は浮かした腰を落ち着けた。それからうまそうに羊羹を食べる。その幸せそうな顔は人生を楽しんでいることを実感させていた。

「美味いですな」

山波は言う。

「これもどうぞ」

源之助は自分の羊羹を差し出した。

「では、遠慮なく」

山波はにっこりとした。それから久恵に向いて、

「蔵間殿、何か趣味を見つけられたらいい。そうじゃ、お内儀と一緒に趣味をなさってはいかがでしょう。たとえば植木だとか」

「まあ」

久恵は答えに窮している。

「蔵間殿、よきお内儀をお持ちだ。それから、ご子息も」

「そんなことはございません」

「いや、いやどうして」

山波はすっかり調子づいた。羊羹で酔えるかのようだ。ひとしきり持論を展開してから腰を上げ、帰って行った。

「よいお方ですね」

久恵は言う。

「まこと、この世を楽しんでおられる」

「いらっしゃったのは、旦那さまに趣味を勧めるためだったのですか」

夜分の訪問を久恵はいぶかしんでいる。

「節介を焼くことがお好きな方だからな」

「本当に親切なお方でございます」

久恵は言った。

そこへ源太郎が戻って来た。

「父上、ただ今戻りました」

挨拶をする源太郎の声が弾んでいる。一日の充実ぶりを物語っていた。

「気張っておるようじゃな」

珍しい源之助の褒め言葉に源太郎は意外な顔をしたが、

「はい、日々、尽くしております」

「うむ。気張れ。いくら気張ったところで、おまえの若さだ。気力、体力共に尽きることはない」

「父上……。いかがされたのですか」

怪訝な表情を浮かべる源太郎の肩を叩き、源之助は湯屋へ行くと居間を出た。

第五章　喜びの敗北

一

それから四日が過ぎた。

弥生十日。優美な姿を見せていた桜は葉桜となり、春が急速に過ぎ去っていくようだ。

この日源之助は何故か、背後に不気味な殺気を感じながら一日を過ごした。奉行所からの帰途、神田司町《つかさちょう》にある宗方《むなかた》道場に立ち寄った。なんとなくもやもやとした気持ちを吹き飛ばしたいという思いからだ。道場主宗方総一郎《そういちろう》は心おきなく語らえる友でもある。道場に入ると、宗方は腕組みをして見所《けんじょ》にいた。源之助を見ると、目元を綻ばせ穏やかに微笑んでいる。

源之助も無言で紺の胴着に着替える。それから木刀を持ち道場に出た。

「やるか」

宗方に語りかける。

「それもいいが」

宗方は横に向いた。視線の先に源太郎がいた。

「父上、手合わせお願い致します」

いつになく真剣な眼差しを向けてきた。源之助とて拒む理由はない。

「よし」

板敷の真ん中に立ち源太郎と対した。

源之助は正眼《せいがん》に構え、源太郎は大上段の構えで間合い三間で向き合った。門人たちは稽古の手を休め、親子の対決を見守っている。

格子が板敷に影を落とし、野鳥の囀《さえず》りが静けさを際立たせた。

「えい！」

先に打ちかかって来たのは源太郎である。源太郎の木刀が大上段から振り下ろされる。

「おう！」

道場中を震わせるほどの気合いを発すると源之助は木刀をすりあげて、源太郎の木刀を跳ね上げる。

木刀と木刀がぶつかり合う鋭い音が響き渡り、間髪入《かんはつい》れず源太郎が攻撃を繰り出してきた。源之助はしっかりと受け止め、二人は鍔迫《つばぜ》り合いとなった。

源太郎が凄い形相で睨んでくる。

源之助とて負けてはいない。

二人は道場の中央で互いに譲ることなく、力押しに押し合った。二人とも額といわず、首筋といわず、滝のような汗が吹き出し、胴着の襟を色濃く滲ませている。

「ええい！」

源太郎の口からひときわ大きな気合いが発せられたと思うと、渾身の力で源之助は押された。

源之助が後ずさりをする。

そこへ源太郎は突きを繰り出してきた。

源之助は右に避け、同時に袈裟懸けに木刀を払う。

と、次の瞬間、源太郎がそれを待っていたかのように源之助の籠手《こて》を狙ってきた。

鋭い痛みが右の籠手に走った。

「それまで」

宗方の声が響いた。

敗北。

だが、それは源太郎の成長でもあった。これほどうれしい敗北はない。源太郎の研《けん》鑽《さん》を身体全体で感じることができた。

「負けた」

言った源之助の顔は実に清々《すがすが》しいものだった。

「偶々《たまたま》です」

源太郎の顔も汗で光っていた。

「謙遜も度が過ぎると嫌味というものだ」

すると宗方が、

「そうだ。堂々と胸を張ればいい。父に勝ったのだとな」

源之助は一休みしようと庭に出た。汗を拭おうと井戸端に立ったところへ、宗方の妻郁恵《いくえ》が冷たい麦湯を持って来てくれた。

「源太郎さま、以前にも増して溌剌《はつらつ》となさっておられますね」

郁恵の笑顔が目に染みる。

「やっと、自覚できたということかもしれません」

源之助もつい頬が緩んでしまう。

そこへ宗方もやって来た。

「源太郎をよくぞここまで鍛えてくれた。礼を申す」

「なんの、源太郎殿の修練の賜物。当方としてはその機会を与えたに過ぎない」

宗方が言った。

「幸せな奴だ」

ふと漏らした源之助の言葉に宗方も郁恵もおやっという目をした。

「いや、よき師、先輩に恵まれていると言いたいのだ」

郁恵はにっこりとし、

「ところで、美津殿とはどのようになっておられるのですか」

源之助は答えるべきか迷ったが、隠し立てをすることもなかろうと、

「縁談が調いました」

「まあ、それはおめでとうございます」

郁恵は声を弾ませた。

「それでは、張り切るはずだ」

宗方は納得顔である。

「あいつ、このまま調子づかねばいいのだが」

「大丈夫ですよ」

郁恵の言葉にほっと安堵する。ふと、右の手首が痛んだ。源太郎から打たれた所だ。

「腫《は》れておりますよ」

郁恵が心配そうだ。

「大丈夫」

そう言った途端に顔をしかめてしまった。郁恵が井戸から水を汲んできて冷やしたらと勧《すす》めてくれた。手拭を水の入った桶に浸してそれで右の手首を巻いた。手に痺れが走る。

「もう一番と思ったが、やめておいた方が良さそうだ」

源之助は言った。

「無理せぬ方がいい」

宗方もいたわってくれた。

源太郎はこれからもう少し稽古をしていくという。息子のやる気を削《そ》ぐことはない。

源之助は一人、帰り支度をして道場を出た。右手首の腫れは引くどころか、益々大きなものへとなっていた。

帰り道、神田川に差し掛かったところで不意を襲われた。背後に殺気を感じ、振り向くと同時に斬りかかられた。見るからに浪人風の男が三人だ。咄嗟《とっさ》に大刀を抜いたが、右手首の負傷がたたり、力強さに欠けた。

浪人の刃をなんとか受けはしたものの、それから反撃に出ることは叶わず、防戦するのが精一杯の有様である。そのうち、脇腹に鋭い痛みを感じた。

尚も敵の刃が襲いかかる。

すると、その時、数人の男たちが駆けつけた。浪人たちは踵を返し逃げていった。

源之助はぐったりと往来に尻もちをついた。脇腹に手をやるとべっとりと血が付いている。剣戟《けんげき》の最中、斬られたようだ。

深手ではないが、手当をしないことには大事に至りかねない。

幸い、ここから岡っ引歌舞伎の京次《きょうじ》の家は近い。居眠り番に左遷される前、筆頭同心として御用の先頭に立っていた頃使っていた岡っ引である。女なら誰でも振り返る男前、通称が示す通り歌舞伎役者をしていた。女房が常磐津《ときわず》の稽古所を営んでいる。

京次の家まで辿り着こう。

手拭で右脇腹を押さえながら心もとない足取りで進む。血に染まった手拭を見ると気が遠くなりそうだ。このため、前だけ向いて歩いて行く。雪駄に鉛の板を入れていなくて良かったと思った。よろめきながらも立ち止まったり、うずくまったりしないのは、永年定町廻りとして江戸市中を走り回ってきた賜物だ。それでも、きりきりと脇腹は痛み、目が霞んできた。どうにか半町ほど歩くと京次の家に着いた。

女房のお峰《みね》が奏でる三味線の音色にいつもだと耳を傾けるのだが、今日はそんな余裕はない。言葉を発するのも億劫だ。格子戸をがんがんと叩く。三味線の音が止んだ。

「はい」

お峰の声には不快感が滲んでいる。乱暴に格子戸を叩く不届き者がいると感じているようだ。それでも格子戸が開くと同時に源之助は玄関に倒れ込んだ。お峰は一瞬言葉を失ったが、

「旦那、まあ、どうなすったの」

と、言いながらも奥を振り返り、

「おまいさん、大変だよ」

と、叫んだ。

すぐに京次が出て来た。

「こりゃひでえ」

京次とお峰に支えられながら、源之助は家に上がった。

「医者だ」

京次は叫ぶ。お峰は取るものも取りあえずという調子で表に飛び出した。源之助は布団に寝かされた。それから意識が遠退く。

うなされてからどれくらいが経ったのだろう。目を開けると、行燈《あんどん》の灯が目に入った。

「父上」

案ずる源太郎の顔があった。京次も、

「気がつかれましたか」

と、うれしそうに尋ねてくる。

「危うく、三途《さんず》の川を渡るところだった」

半身を起こそうとしたが脇腹に痛みが走る。

「いけませんや。寝ていらしてくださいよ」

京次は医者が傷口を縫い、晒しを巻いてあるという。

「二、三日、寝ていらしてください。じゃないと、傷口が開いてしまいますよ」

「面倒をかけるな」

「何をおっしゃるんですか」

京次が言うと、

「父上、一体、誰がこのような」

源太郎は心配で一杯だ。

「浪人たちだった。相手は三人。いきなり、背後から斬りかかられた」

きっと、桂木家の吹越か浦河の指図だろうと思っているがそのことは口には出さないでおいた。

「浪人者ですか」

源太郎は京次を見る。

「一体、浪人がなんで蔵間さまを襲ったりしたんですか」

「さてな。物盗り目当てとしたら、よっぽど見る目がない奴らだ。わたしの紙入れなど狙っても仕方なかろうにな」

笑い飛ばそうとしたが、痛みが走って顔をしかめる結果となった。

「お心当たりがあるのではございませんか」

源太郎が問いかけてきた。

「ないな」

横を向いた。源太郎は不満そうだったが、源之助にそうきっぱりと言い切られた以上、質問を重ねることを躊躇ったようだ。すると京次が、

「源太郎さま、今、蔵間さまは養生なすった方がよろしいですよ」

「それもそうだが」

源太郎が口をつぐんだ。

「では、家に帰るとするか」

源之助は言った。

「いや、ご無理なすっちゃあいけませんよ」

途端に京次が宥める。

「なんの、これしき」

源之助は身体を起こそうとしたが、とてものこと、歩くどころか起きることもできない。

「父上、今日は京次に甘えさせてもらいましょう」

「そうですよ」

気持ちよく引き受けてくれた京次がありがたい。

二

源太郎が帰ってから、

「蔵間さまらしくないですね」

枕元で京次が言った。

「何がだ」

「だって、いくら不意を突かれたって、高々《たかだか》浪人三人相手に不覚を取るような蔵間さまじゃござんせんや」

「歳かもな」

寝たまま苦笑を浮かべた。

「何か考え事をなすってたんでしょう」

「そうではない」

と、右手を差し出した。

「おや、右手も負傷なさいましたか」

「ところが、これは浪人たちに負わされたものではない」

宗方道場での源太郎との立ち会いを話した。

「そいつはすげえ。源太郎さん、ずいぶんと腕を上げなすったんですね」

京次はうれしそうだ。

「まあ、偶々だ」

京次が源太郎を持ち上げると多少の不満を感じた。まだまだ自分とてもできるのだと言う意地も張りたくなった。

「するってえと、その怪我で」

京次はなんと言っていいかわからないようだ。息子の成長によって源之助は危うく命を落としそうになるというなんとも皮肉な巡り合わせとなってしまった。

「それにしても、浪人、何者でしょうね」

いかにも源之助が何かを隠していると言いたいようだ。

「物騒な世の中だ」

源之助は適当に誤魔化《ごまか》した。まず、桂木家の手の者と考えて間違いあるまい。口封じに出たということか。そうなると、益々厄介だ。山波平蔵の心配が的中したことになる。こうなることは十分に予想できた。それゆえ、関わらない方がいいと山波は忠告してくれたのだ。その忠告を無視した自分が悪い。いわば、自業自得である。

「まあ、ゆっくりなすってください」

京次は言うと部屋から出て行った。

目を閉じた。

まずは、体力を回復させることだ。眠ろうと思ってもなかなか寝付かれない。傷が痛む上に熱もでてきた。苦しみが続く中、うつらうつらとしてしまい、そこで見る夢は悪夢、浪人たちに襲われた瞬間である。

「うう」

思わず知らず、うなされてしまった。

「旦那」

気がつくとお峰が心配そうな顔で覗き込んでいた。

「ああ」

気がつくと凄い汗だ。辺りが明るい。どうやら、十一日の朝を迎えたようである。

「京次はもう出かけたのか」

「ええ」

お峰は言った。

「では」

　半身を起こした。昨日ほどではないが、傷が身体に障《さわ》っている。

「無理なすっちゃあいけませんよ」

「なに、いつまでも寝ているわけにはいかんさ」

「うちだったら、いつまでもいらしてくださいよ」

「そうは言ってもな」

　源之助はお峰が用意した握り飯に手を伸ばした。むしゃむしゃとぱくつく。幸い、食欲は衰えていない。よし、と内心で喝采を叫んだところに、京次が戻って来た。

「おや、早いじゃないか」

「殺しだ」

　お峰の問いかけに京次はぽつりと言った。

「なんだと」

　即座に反応する源之助にお峰は危ぶんだ目を向けてくる。

「それが、殺されたってのは浪人なんです。浪人が三人」

　源之助は持っていた握り飯を皿に置いた。それから、立ち上がろうとしたがよろめいてしまった。

「いけませんや」

京次が気を遣う。

「大丈夫だ」

源之助は言いながら着替えを始めた。多少痛みは残っているが、気合いで乗り切れるだろう。無茶は承知だが、無茶をするのが自分だと思っている。命に別状はないのだ。おとなしく寝ていたらかえって重傷となる、などと勝手な理屈で自分を鼓舞した。引き止めても止められるものではないことは京次もお峰もよく知っている。なんとか着替えを終え、源之助は腰を上げた。

京次が身体を支える。


とはいっても無理をしたようだ。

粋がって京次の家を飛び出したものの、半町と一人で歩くことはできず、京次に肩を借りる羽目となった。それでも、浪人たちの亡骸が横たわっているという両国橋の橋桁近く、大川の河岸にやって来た。新之助と源太郎が待っていた。

新之助が、

「源太郎殿から聞きました。昨日、浪人どもに襲われたとか」

言いながら源之助を襲った浪人たちがこの連中なのかと目で聞いてきた。

「そうだな」

そう一言呟いた。

間違いない。この男たちだ。男たちは口から血を流している。

「毒を盛られたようです」

京次は聞き込みからこの連中が近くの縄暖簾で派手に飲んでいたことを聞き出していた。

「痩せ浪人にしては景気よくやっていたようです」

京次が言った。

「すると」

源太郎が目を向けてくる。

源之助が黙っていると、

「蔵間殿、襲撃されたことについてお心当たりがあるのではないですか」

新之助が聞いてきた。

「いや」

答えることに躊躇《ためら》いが生じる。それはそうだろう。桂木家の御家騒動とは軽々しく言えないところである。

「いかがされたのですか」

源太郎もそんな源之助に不審を抱いているようだ。

「それがな」

「お命を狙われたのですぞ。どうかお話しください」

源太郎は最早、真っ赤に目を充血させてその目も飛び出さんばかりだ。

「よし」

こうなったら曖昧《あいまい》にはできない。

「番屋へ行こう」

源之助が促し、みな、近くの自身番へと向かった。


自身番の座敷に上がる。新之助が町役人《ちょうやくにん》をしばらく遠ざけた。町役人は一体、何事が起きたのかというような調子だ。町役人たちが出て行ったところで源之助は座ろうとしたが傷が痛み、顔をしかめる。気遣うみなを宥めながら、

「ちょっと、厄介なことに首を突っ込んでしまった」

厄介なことに首を突っ込むのは源之助にすれば珍しくはないことだ。それが証拠に

みな平然とした顔をしている。

「さる藩、いや、そんな曖昧な物言いはよそう。信濃木曽十万石桂木伊賀守さまの御家中だ」

と、切り出した。

みな、口を閉ざし、源之助の言葉を待っている。

「先日、大川で釣りをした。その際、桂木家のさる家臣に手紙を託されたのが始まりだ」

と、話のきっかけから今日に至る経緯をかいつまんで語った。

「そんなことがございましたか」

源太郎が言うと、

「蔵間さまらしいや」

京次はしきりと感心した。だが、新之助は苦い顔である。

「いかにも厄介ですな」

新之助は苦渋の表情だ。

「では、浪人どもは桂木家の浦河という御仁が差し向けたのですか」

源太郎は言った。

「おそらくはな。しかし最早死人に口なし。浪人どもは口を塞がれたに違いない」

源之助も苦い顔だ。

「これは、御奉行より桂木家に断固とした抗議をする必要があります」

新之助は主張した。

「いや、それはどうか」

源之助は疑問を投げかける。

「証がないからですか」

新之助は納得がいかないようだ。

「そうだ」

「まったくですか」

「いかにも」

と、言ってからはたと思い出した。信濃屋重左衛門である。それと、文代だ。あの二人なら咲江殺害のことを証言できる。しかし、文代は桂木家の家臣の娘、信濃屋は深い関わりを持った商人。伊賀守宗盛が押し込めにあった今、どこまで力になってくれるものだろうか。

「ですが、一応このことは奉行所に内密というわけにはまいりますまい」

新之助らしい物言いだ。

源之助とても、隠密な行動は慎まねばならないだろう。

ひとまず、奉行所に戻ることにした。しかし、源之助は怪我の養生ということで先に組屋敷に戻った。

三

源之助の帰宅を迎えた久恵は当然ながら心配顔である。

「大事ない」

まずはそう返事をする。

「そんなことはございますまい」

久恵は今日ばかりはそれで納得するものではない。

「いや、大したことではない」

言いながら内心ですまないと思う。こんなにも心配をかけるとは我ながら本分とすることではない。久恵は不満げな顔で黙り込んだ。

「すまぬ。昨日、得体の知れぬ浪人から刃を向けられた」

「源太郎から聞きました」

一体、何をしているのだと聞きたいのだろう。

「なに、大したことはない」

「町奉行所ではもっぱら、暇な職務に回されたと申されたではございませんか」

久恵は鬱憤をぶつけるかのようだ。

「まこと、大したことはない。心配には及ばないのだ」

「信じられません」

「わしを信じぬと申すか」

つい、そんな言葉が口から出てしまった。久恵はさすがにまずいことを言ったと思ったのか、

「お役目につきましては、口を挟むことなどしてはならないと思っております。ですが、それでも、心配せずにはいられないのです。妻が夫を心配することはいけないことなのでしょうか」

「そうではない」

「では、お話しください。旦那さまは一体、何をやっておられるのですか」

久恵の目は鋭く凝らされた。

「だから、両御組姓名掛、南北町奉行所の帳簿を作成する掛だ」

「閑職と申されました」

「いかにも閑職だ。それが証拠に南北町奉行所でわたし一人だ」

源之助は苦笑を浮かべた。

「それは存じております。ですが、そのような閑職でありながら、旦那さまは時としまして夜遅くなったり、怪我をされたり、朝帰りをされたり、なさっておられます。今回はそのような深手まで負われました」

深手ではないと内心で弁解をしたがそのことを口に出すわけにはいかない。それを言えば、久恵の怒りは大きなものになってしまうだろう。

「旦那さま、一体、何をなさっておられるのですか」

「それは」

「旦那さまのことです。悪行などではないと思います。むしろ、善行であると思います。そう信じております。ですが、心配で仕方ございません。はしたないこととは思いますが、少しだけでもお話しくださいませんでしょうか」

久恵の目から涙がこぼれた。その涙はまさしく、夫の身を案ずる気持ちの発露に他ならない。

ぐっと胸に応《こた》えた。

「表沙汰にはできぬ御用をしておる。奉行所で扱うのではなく、わたし一人の裁量で悪を懲らしめておるのだ」

悪を懲らしめるとはいささか大げさで芝居がかった物言いだが、そんな言葉を使ってしまった。だが、久恵は真面目に受け止めてくれたようで、

「それは時として、危険を伴うものなのでしょうか」

「うむ」

「お命に関わるようなことでしょうか」

久恵の視線は源之助の怪我に注がれた。

「役目を遂行する以上、多少、いや、危険が伴うこともある」

源之助は言った。

「そうですか」

久恵は唇を噛み締めた。

「心配を掛けるが、許してくれ」

「そのお役目、おやめにはならないのですか。やめれば、同心を辞めなければいけないのでしょうか」

「そんなことはない。しかし、性分でな。やめることはできぬ」

「山波さまが申されましたように、趣味を見つけ、心穏やかにお過ごしになるわけにはいかないのですか」

久恵はまさしく訴えるようだ。

「そうした方がいいとは思う」

苦しげに答える。

「そうですか」

久恵はじっと源之助を見つめた。その眼差しを見ていると、久恵の気持ちを無視するわけにはいかないような気になってきた。

「今の御用が終われば」

そう言ってしまった。つい、口から出た言葉だ。

「終われば、おやめになるのですか」

「そうだな」

うなずく源之助に、

「そんなことを申されてよろしいのですか。自分の気持ちを欺いてよろしいのですか」

「それは」

「わたしのことをお考えくださっておられるのですか」

「当たり前だ」

つい強い口調になった。

久恵はしばらく黙っていたがそれでも、

「旦那さまを信じております。ですが、くれぐれもお命を粗末にはなさらないでください」

「すまぬ」

頭を下げた。

「頭を下げることなどなさらないでください。旦那さまらしくございません」

久恵はきっぱりと言った。

「わかった」

顔を上げる。

「今後、お役目のことに口出しはしません。ですから、どうか、ご無事で」

「わかった」

言いながら、ふとした寂しさを味わった。久恵はこれまで通り、自分のやりたいことをやらせてくれる。それは大変にありがたいことだ。

「源太郎、剣の腕を上げたぞ」

昨日の宗方道場での稽古の様子を語った。

「まあ、それは」

久恵はうれしそうだ。

源太郎に負けた。そのことが、肉体的よりも精神的な痛手が大きい。自分の役目は終わったのではないのか。そろそろ引き時なのではないのか。居眠り番に左遷されてから、常に脳裏を過《よぎ》ってきたことだ。年齢との戦い、そうだ、常にそれがついて回ってきた。そろそろ隠居か。

すると、

「まさか、隠居を考えておられるのではないでしょうね」

と、久恵が言った。

ぎくりとした。

「気弱になられてはいけません。そんなことであれば、お役目はできません。それこそ、大怪我をなさいますよ」

久恵の言葉は実に的を射たものだった。さすがは、八丁堀同心の妻であり母である。

ずっと、家の中に籠り、家事をやっているだけだが、いや、それだからこそ、源之助の心の動き、体調を的確に掴んでいるということなのか。そんな思いに駆られる。

「わかっておる」

言った途端に脇腹に痛みが走った。

「晒し、替えましょう」

久恵は奥に引っ込んだ。源太郎がつくづく幸せな男だと思っていた。周囲にとてもよくされる。しかし、それはどうやら源太郎というよりも自分なのかもしれない。

「さあ、お脱ぎください」

源之助は言われるまま着物を脱いだ。久恵は晒しを取っていく。その間、痛みに耐えた。いかつい顔が際立つ。久恵は脇腹に走る傷痕をしげしげと見た。それから気丈な目で真新しい晒しを巻いていった。それから、きつめに縛る。

「無理をなさらないでとは言いません」

久恵は寝間着を着せてくれた。そこへ、

「お邪魔します」

という声がした。

「善右衛門殿か」

声の主は日本橋長谷川町で履物問屋を営む杵屋の主だ。源之助とは奉行所同心、大店の商人、という立場を超えた付き合いが続いている。久恵が応対に出て、やがて善右衛門がやって来た。

「京次親分から聞きましたよ」

善右衛門は見舞いに来たようだ。手に持つ香ばしいものは鰻の蒲焼だという。善右衛門は久恵に挨拶をしてから蒲焼を手渡した。久恵は丁寧に礼を述べ、お茶を淹《い》れますと台所へ立った。

「とんだことでございましたな」

「いやあ、今回はまいりました」

「また、何かの影御用でございますか」

善右衛門は声を潜めた。

「まあ、そういったところです」

「蔵間さまのことですから、お止めするのは無駄でしょうから、申しませんが、お内儀さまもさぞ心配なさったことでございましょう」

「まあ、それなりに」

「くれぐれもご用心を」

源之助はうなずくと、

「実はこのところ例の雪駄を履いていないのです」

と、頭を掻いた。

四

「あの、鉛の雪駄ですか……。あれ、最近まで履いておられたのですか」

善右衛門は驚きの表情を浮かべた。

「この春までは履いておったのです。それが、一日に釣りに行ってから履いておりません。一旦、履かなくなると、履くのは億劫《おっくう》になるものですな」

「あれをあつらえたのは、確か……」

善右衛門が記憶の糸を手繰《たぐ》り寄せるように視線を彷徨《さまよ》わせた。

「定町廻りとなり、善右衛門殿と知り合って間もなくですから、二十三の頃ですか、もう、二十一年も前ですな。それから、何足、いや、何十足とあつらえてもらったことか」

「そんなに経ちますか」

善右衛門は感慨深そうに言うと、おかしそうに噴き出した。

「おかしいですか」

「おかしいですよ。二十三歳の頃の習慣を守り通すなど、いかにも蔵間さまらしい」

「頑固者とおっしゃりたいのですな」

「頑固は悪いことではございません」

善右衛門の気遣いがありがたい。

「しかし、その頑固も歳には勝てませんな。今さら、鉛入りはいかにも歩きづらい」

「自然になされるのがよろしいですよ」

善右衛門の笑顔は陽だまりに溶け合い、見ているだけで心が和んだ。

「善太郎《ぜんたろう》は気張っておりますか」

善太郎とは善右衛門の跡取り息子で、若いながら杵屋を切り盛りしている。

「商いはどうにか任せられるようになりましたが、そろそろ嫁を貰わないといけないのですがね」

「いくらでも縁談は舞い込んでくるでしょう」

「それが、あいつときたら、やたらと好みがうるさくて」

善右衛門は顔をしかめた。それから、息子の愚痴を並べ立てたところで、

「失礼します」

と、張りのある声が玄関でした。

「噂をすれば影、ですな」

源之助が言ったように善太郎がやって来た。善右衛門が苦笑を浮かべ待つこともなく、風呂敷包みを背負った善太郎が歩いて来る。手には竹の皮をぶら下げている。香ばしい香りからして鰻の蒲焼のようだ。

「なんだい、おとっつあんも来てたのかい」

善太郎は蒲焼を源之助に渡す。京次から源之助の遭難を聞き、父親同様見舞いに来たのだった。

「おまえまで鰻を持って来ることはないだろう」

「おとっつあんも、鰻かい。芸がないねえ」

自分のことを棚に上げ、善太郎は風呂敷包みを縁側に置いた。

「かまわんさ。鰻は好物だ。怪我の治りも早まるというもの」

源之助は目を細めた。それから風呂敷包みに視線を移し、

「商いの途中か」

「はい、新規のお得意を求めて歩いております」

善太郎は履物を風呂敷に包み武家屋敷を回っている。杵屋の履物を示しながら、商いを広めようと努力していた。

「熱心だな」

源之助の賞賛を善右衛門は聞かない振りをしている。息子を甘やかしたくないという父親の気持ちのようだ。

「京次親分から聞きました。桂木さまがからんでいるってことですよね」

「まあな」

「探ってきましょうか」

善太郎の目は輝いている。

「探ると申すと、桂木さまの御屋敷をか」

「商いにかこつけて探って来ますよ」

善太郎は事もなげに言う。

「おまえ、なんてことを」

善右衛門がさすがに口を挟んできた。

「大丈夫さ。お大名の御屋敷は手慣れたものさ」

「それは商いだろう。探索の真似事なんぞ、おまえにできるはずがないじゃないか」

善右衛門は眉間に皺を刻んだ。

「商いの要領で行けば間違いはないよ。それにね、京次親分も一緒なんだ」

これには源之助が驚いた。

「実は、京次親分とは話がついているんです。一緒に桂木さまの御屋敷を探ろうって。京次親分は杵屋の手代になっていただき、わたしと一緒に桂木さまの御屋敷を訪ねます。わたしは商いの話をしますので、京次親分は探索をする。きっと、うまくいきますよ」

「無茶だよ」

善右衛門は苦々しげに口を曲げた。

「だって、わたしも京次親分も我慢できませんよ。蔵間さまをこんな目に遭わせた連中のこと許せません。何かお役に立ちたいんだ。おとっつあん、わかってくれよ」

善太郎はかつてぐれていた。放蕩三昧《ざんまい》の暮らしの挙句《あげく》、やくざ者に引き入れられ賭《と》場《ば》にも出入りするようになった。源之助は善右衛門の頼みで善太郎をやくざ者から連れ戻し、更生のきっかけを与えたのだ。そのことが、善右衛門の信頼を深めた。善太郎が源之助の役に立ちたいと言うのは恩返しのつもりなのだろう。

そのことに考えが及んだのか善右衛門は機嫌を直し、

「蔵間さま、ここは善太郎にお任せいただけませんか」

善太郎が神妙な顔を向けてきた。

「わかった。任せよう。但し、くれぐれも無理は禁物だぞ」

源之助のいかつい顔が春光に綻んだ。

「ありがとうございます」

善太郎は満面の笑みだ。

「礼を申すのはわたしだ」

「では、早速、京次親分の所へ行ってきます。色々と打ち合わせがあるので」

善太郎は立ち上がると風呂敷包みを背負いそそくさと出て行った。

「困った倅だ」

言葉とは裏腹に善右衛門の顔はにこやかだった。

第六章　虚しき帰参

一

明くる十二日の昼九つ半、京次と善太郎は桂木藩上屋敷へとやって来た。桂木藩の上屋敷は芝増上寺にほど近い、大名小路の一角にあった。その名の通り、大名屋敷が軒を連ねている。その中にあっても、桂木藩邸の門構えは国持格としての体裁《ていさい》を整えてある。しかし、正式に三万石を幕府に返上するとなると、藩主は国持格から城主へと転落し、門構えも今の両番所を備えた長屋門から片番所備えの長屋門に変えるということになるが、今のところは国持格のままだ。

善太郎と京次は手拭を吉原被りにして縞柄のお仕着せを尻はしょりにし、杵屋の屋号が染め抜かれた前掛けを身に着けるという揃いの格好だ。履物を包んだ風呂敷包みを背負いいかにも商いだと装っていた。

　二人が裏門に回るときつい目を向けてくる門番に善太郎は慣れた仕草で一朱金を掴ませ、屋敷の中に入ることを許可された。潜り戸から中に入ると、御殿裏の勝手口に回った。井戸端で洗濯をしている女中に、

「御用方の浦河助次郎さまにお取次ぎください」

　善太郎がにこやかな顔で女中に告げる。女中は浦河の名前を出されたことで、警戒心を解いたらしく、少々、お待ちをと言い残して勝手口から御殿に入って行った。

「やりますね」

　京次が感心したように言う。

「餅は餅屋、ですよ」

　善太郎は特別誇ることもなく答える。浦河を待つ間、二人は風呂敷を脇に下ろし、吉原被りにしていた手拭で額を拭った。そうしているうちに浦河がやって来た。首を捻りながら、

「杵屋、とは」

　と、善太郎と京次の顔を交互に見て、記憶の糸を手繰《たぐ》り寄せるかのように眉根を寄せた。

「日本橋長谷川町で履物問屋を営んでおります」

善太郎が頭を下げると京次も二度、三度腰を折った。

「それは女中より聞いたが、何故、わたしを知っておる。杵屋には足を運んだことはないし、そなたとも会ったことはないぞ」

疑わしげな眼差しを善太郎に向けてくる。

「以前、江戸留守居役の永田将監さまがご来店くださったことがあったのです」

永田の名前が出た途端に浦河の表情が強張った。これは京次と打ち合わせたことで実際には、永田は来店したことはない。

「永田殿は先日不帰の客となった」

善太郎は大きく目を見開き、

「な、亡くなられたのでございますか」

と、言ってから、なんで亡くなったのかと問うた。

「病じゃ」

浦河の口ぶりは素っ気ない。

「先月お会いした時はお元気そうであられましたが、なんの病ですか」

善太郎は大袈裟に首を捻って見せた。浦河は一瞬口ごもっていたが、

「余計な詮索は無用じゃ」

と、跳ね除けた。

善太郎はそれ以上は突っ込まず、

「永田さまは一度藩邸を訪ねてまいれとおっしゃったのです。商いのため、まことにありがたいお言葉と思い、こうしてまいった次第でございます」

「永田殿がどう申そうが、当家には既に出入りの履物問屋がおる」

「それは承知の上でございます。ですから、今、お出入りの履物問屋よりも、より安くより良い品物をご提供申し上げるつもりでございます」

善太郎は京次をちらっと見た。京次はそれを受け、地べたにさっと風呂敷を広げた。雪駄や草履、下駄が現れた。

「神田の蓬莱屋《ほうらいや》さんもよい履物と存じますが、うちも負けておりません。いえ、勝っております」

善太郎は自信たっぷりに言う。

「蓬莱屋が当家に出入りしておること、よく存じておるな」

「それくらいの下調べはしております」

「なるほど、商人の鑑《かがみ》ということか」

「それだけではございません。桂木さまにおかれましては、近々にも三万石を御公儀に返上なさるとか」

「無礼者！」

浦河は甲走《かん》った声を発したものの、じきに表情を落ち着かせた。

「そのことも調べたか」

善太郎は深々と腰を折った。

「何も隠し立てをする必要はない。それは事実だ」

「ご無礼ついでに申し上げますと、御公儀への領地返上分だけ、台所の節約は欠かせぬものと思います。御用方をお勤めの浦河さまもさぞや頭の痛いことでございましょう」

「おまえ、言うではないか」

「ですから、是非ともお役に立ちたいと思っておるのでございます」

ここで善太郎は満面の笑みを浮かべた。

京次も揉み手をした。

「それはずいぶんと手回しのいいことだが、あいにくと今は履物に特定して見直しを図る時ではない」

浦河は強い口調になった。

「そう、おっしゃらずに、履物に要しますも費《つい》えも馬鹿にはできません」

善太郎はかまわずに押す。

「いや、いいものはいい」

浦河が更に強く言うのをそれでも食い下がったが、

「よい。しつこいと、かえって杵屋からは履物を頼まんぞ」

話はこれまでだとばかりに浦河は顔をしかめて見せた。これ以上粘れないと善太郎が風呂敷を包もうと思った時だ。不意に、

「あ、痛え」

と、京次がお腹を抱えた。

どうしたという目を向けるのは善太郎ばかりではない。浦河の視線を受け、

「痛い」

と、言葉遣いを丁寧にしたものの、更にしゃがみ込んで大袈裟に痛みを訴えかけた。

「大丈夫かい」

善太郎が駆け寄る。

「大丈夫です」

言って立ち上がりかけたもののよろめき、お腹を押さえて顔をしかめた。

「腹痛か。何か当たったのかい」

「疝気《せんき》かもしれません」

京次は声を上ずらせた。

「ちょっとの間、横になっていれば楽になるんですが」

切れ切れの言葉で話す京次を心配そうな顔で善太郎が覗き込む。浦河は関わりを避けるように横を向いていた。背中が早く出て行けと言っているようだ。

「申し訳ございません」

京次は言いながら善太郎に目配せをした。それを見た善太郎は京次の意図を察した。何度かうなずき、

「浦河さま、少しの間、休ませてやってはくださいませんか」

切々と訴えかけるかのような物言いだ。渋面《じゅうめん》を作る浦河に、

「永田さまと接しまして、桂木さまはお情けのあるお家柄と拝察しておりました。手前ども、こうして、いろんなお大名の御屋敷に出入りさせていただいております。そうしますと、お家柄と申しますのは様々でございますね」

善太郎はさも噂は怖いものだということを暗《あん》に告げた。

浦河はうっとうしさを逃れるように、

「休んでいくがいい」

と、裏門脇にある中間《ちゅうげん》部屋を顎でしゃくった。

「すみません」

善太郎が丁寧に頭を下げる。

京次も苦痛に顔を歪ませながらもぺこぺこと頭を上下させた。浦河はくるりと背中を向けその場を立ち去る。京次は風呂敷包みを右手に、左手で腹を押さえながら善太郎に支えられて中間部屋へと入った。中間たちが数人、小上がりでサイコロを振っていたが、何者だという目を向けてきた。

すかさず善太郎が素性を明かして、

「うちの手代が少々、横にならしていただきます。どうぞ、よろしくお願いします」

と、一分金を畳に置いた。

険《けん》のある目をしていた中間たちだったが、金を見た途端に目元を和ませた。

「まあ、ゆっくり休んでいくがいいさ」

中間の一人が言う。

京次は部屋の隅でごろりと横になった。善太郎がくれぐれもよろしくと言い置いて

表に出て行った。京次は目を閉じ、静かにしていた。中間たちは博打に高じていたが、誰言うともなく、

「減封になるから、おれたちの何人かはお払い箱だな」

「そういうことだよ」

「たまらねえが、どうすることもできねえ。でも、そうなる前に、一稼ぎしたいもんだぜ」

耳をすませていると、中間たちは賭場を開く相談を始めた。どうやら、首になる前に賭場を開こうという魂胆らしい。すると、中間たちはやろうやろうと盛り上がった。

「なら、客に報《しら》せるか」

どうやら、定期的に開いているらしい。

「浦河さまがうるさいぞ」

「なに、いつもより多めに握らせればいいさ。どうせ、これが最後だってな」

そうだそうだと盛り上がる。

「となると、信濃屋の旦那にもお報せしねえとな」

どうやら、信濃屋重左衛門も博打に協力しているようだ。

二

中間たちの話が盛り上がったところで、

「御免、浦河殿に会いたい」

という大きな声が聞こえた。

「林《はやし》さまだ」

中間の間から何故か失笑が漏れた。

「毎日のこったからな。いい加減、気の毒になるぜ」

中間たちのやり取りを聞くと、林という男は浦河を訪ねて連日押しかけて来るらしい。ところが、浦河は居留守を使って会わないらしい。

何者だろう。

面白そうだという興味が湧いた。岡っ引の勘が騒ぐ。

「会わせろ！　おられるのだろう」

林の声は叫びと化した。

「会ってやりゃあいいのにな」

中間が言いながら様子を見ようと腰高障子を開けた。潜り戸から身を入れている男、月代《さかやき》が伸び、薄らと無精髭が伸びたいかにも浪人といった風だ。無地の袷に草色の袴はよれ、かなりくたびれている。

浪人。浪人が浦河を何度も訪ねる。ここに何かがありそうだ。身を横たえたまま薄眼を開け、耳をすませて様子を窺う。

「林さま、お引き取りください」

門番が困り顔だ。

林は桂木家の家臣であったようだ。それが、どういうわけか桂木家を離れることになった。

「今日は、会ってくれるまで帰らん」

無理やり藩邸に押し入って来てしまった。ささくれ立った目をして、

「浦河殿！」

と、絶叫した。

すると、困り顔で浦河がやって来た。

「林殿、困りますぞ」

浦河の口ぶりはいかにも林を見下《みくだ》している。

「やっと出て来てくれましたな」

林は引かないとばかりに一歩前に出た。

「何度訪ねて来られてもできぬものはできん」

浦河はにべもない。

「それは約定《やくじょう》が違う」

「事情が変わったのだ。三万石を御公儀に献上せねばならん」

「それは身勝手というもの」

必死で食い下がる林に向かって、

「身勝手とは聞き捨てならん。貴殿、御公儀のお裁きを身勝手と申すか」

浦河は居丈高《いたけだか》に言う。

「そ、それは……」

林は言葉を詰まらせる。

「そうそうに立ち去れ、貴殿は当家と関わりなき者だ」

その言葉が林に引導《いんどう》を渡したことになった。浦河は踵を返す。肩を怒らせ、立ち去る浦河に恨めし気な目を向けてたたずむ林である。それからも未練たらしく去ろうとはせずに立っている。が、門番に促され、ようやくのことで裏門脇の潜り戸から表に出た。

　ここで京次が起き上がる。

「もう、いいのか」

「ありがとうございます。ところで、これですが」

　京次はサイコロを振る真似をした。

「なんだ、聞いていたのか」

　中間は別に怒ることもなく目をにやけさせた。

「すみません」

　京次は頭を掻き、いつ開かれるのかを訊いた。

「今月の晦日《みそか》に予定するよ」

　中間の一人が答えた。

「なら、あたしも」

「おお、来たかったら来な。最後だから、盛大にやろうと思ってるんだ」

　中間が小兵衛《こへえ》と名乗り、自分を訪ねて来るよう親切に言ってくれた。京次は風呂敷包みを背中に背負った。

「なら、これで失礼致します」

愛想を振り撒いて中間部屋を出ると門番にも丁寧に礼を述べて潜り戸を出た。すぐに左右に視線を向けると左手の大名小路を林が歩いている。肩を落としたその後ろ姿は哀れを刻んでいた。間合いを取りながら後を追う。林からは何か面白そうな話を引き出せそうな気がする。じわじわと間合いを詰め、話しかけるきっかけを窺った。

陽が斜めに傾き、林の影を往来に引かせている。時折、大名屋敷を中心に商いをしている行商人たちとすれ違う。小簞笥を担いだ刻《きざ》み莨売《たばこうり》に、大名屋敷の武家長屋の曰《いわ》く窓から声がかかった。視線を落として歩いていた林が刻み莨売とぶつかり、転んでしまった。

「すみません」

平謝りに謝る刻み莨売に向かって投げやりな態度で、

「かまわん」

他の行商人たちは関わりを避けるように歩いて行く。すかさず、京次が駆け寄った。林に手を貸そうとしたが、

「無用」

と、林にぶっきらぼうに返された。

林は立ち上がったと同時にけつまずいてしまった。林の足元に目をやる。雪駄の鼻

緒が切れていた。

「こりゃ、いけませんね」

京次が声をかけると、

「なに、かまわん」

雪駄を脱ぐ。ずいぶんとすり減ったちびた雪駄だ。もう、履かないほうがいいのではないかという代物《しろもの》である。

「これ、よろしかったら」

京次は風呂敷包みを解き、真新しい雪駄を見せた。それは、林が履いているものと違い、螺鈿《らでん》細工のいかにも値の張る逸品だった。林はそれを眩しげに見ていたが、

「このようなもの、もらういわれはない」

と、突き返す。

「かまいません」

「いらん」

声の調子が強くなった。己の欲望をかき消すかのようだ。

「実は林さまに少々、お話をお聞かせいただきたいのです」

林はいぶかしげな目を向けてくる。

「どうして、拙者の名前を」

「実は、今しがたまで桂木さまの御屋敷におりました。お出入りができないものかと、ネタを仕込んでおるのです。ですから、御屋敷の内情をご存じの方からお話が聞けないかと思いまして」

「なんだと」

林は興味を引かれたようだ。

「ここではなんでございます」

京次は一献傾ける真似をした。

林は無言で真新しい雪駄を履くと、これまでの雪駄を往来に捨てた。

それから、歩きだすその背中は心なしかしゃんとしている。履物一つで人の心は豊かになるものかと妙な感慨が京次の胸を去来した。


二人は大名小路を抜け、巨大な甍《いらか》が連なる増上寺とその塔頭《たっちゅう》を右手に見上げながら芝三島町にやって来た。この辺りは商店が軒を連ねているが、その中に一軒縄暖簾を見つけ、中に入る。

入れ込みの座敷に上がり、最初は遠慮がちだった林も酒が進むにつれ、猪口を傾ける調子が上がり、饒舌《じょうぜつ》になってきた。林は名を文左衛門《ぶんざえもん》、桂木家では藩主伊賀守宗盛の馬廻りをやって来た。

「ところがじゃ、三月ほど前に殿の逆鱗《げきりん》に触れてこれだ」

林は右で手刀を作り、自分の首を切る真似をした。林の他に三人の同僚も首を切られたという。

「そりゃまたひでえ。そういえば、その殿さま、ご隠居なさったとか」

「そう、宗盛さまだ。浪人したから、もう、言ってやるが、まったく、とんでもない殿だった」

林は憤懣やる方なき様子である。宗盛は夜ごと、宴会にふけり、ろくに武術の修練もせず、自堕落な日を送っていた。馬で遠乗りに出た際にも、行き先々で女を見初《みそ》め、手籠《てご》めにしては家臣たちに尻ぬぐいをさせる。

「それで、さすがにまずかろうと、四人の馬廻りで諫言《かんげん》申し上げたのだ」

結果、四人は首。

「まったく、ひどいもんだ」

林は荒れだした。

「忠義奉公も大変でございますね」

「おまえにわかるのか」

林はからみ酒のようだ。それをいなしながら、京次は話を引き出そうとした。

「でも、その殿さまはご隠居なさったんですから」

「隠居といえば、聞こえはいいが、押し込めに遭ったのだ」

「お大名の御家事情のことはあっしらにはわかりませんが、それでも、殿さまが交代なされば、御家の事情も変わるでしょう」

「それを期待した。帰参が叶うものと拙者も思ったのだ。ところが、浦河め」

それから浦河に対する恨み節がさく裂した。

「浦河から話を持ちかけてきたんだ。いい仕事がある。それをやれば、礼金と桂木家への帰参が叶うというのだ」

「それをおやりになったのですか」

「いや」

林は首を横に振る。

「おやりにならなかった」

「他の三人はやった」

「じゃあ、三人の方は帰参が叶ったのですか」

「そうではないようだ」

林は三人を訪ねたが、三人とも行方がわからない。かといって、桂木家にも帰参はしていないという。

「一体、どんな仕事なんですか」

「それは……」

林は口をつぐんだ。酔いが冷めたかのような真っ白な表情だ。

三人の浪人。

それを聞いて思い浮かぶのはただ一つである。

三

「殺し……。じゃないですか」

京次が声を潜めじっと林を見る。林の目が泳いだ。

「な、何を申すのだ」

林は猪口をあおる。

「北町の同心を消すという仕事なんじゃござんせんか」

京次の口調が変わった。どすの効いた声である。林は京次を見返す。それから無言で立ち上がろうとした。その腕を京次は摑んだ。

「な、何をする」

林の声が裏返る。

「もう少し、飲みましょうよ」

京次は笑みを送ったが、その目の奥には冷たい光を帯びていた。

「貴様」

林は口をはぐはぐとさせた。

「酒、頼むよ」

京次はいなすように空《から》になった調子を振った。

「おまえ、何者。ひょっとして、桂木家の雇った隠密か」

林の声は冷めていた。すぐに運ばれて来た銚子を林に向けるものの、林は受けようとはしなかった。

「いいえ」

仕方なく京次は自分の猪口に酒を注ぐ。

「これです」

懐に仕舞っていた十手《じって》をちらっと見せる。林の目が鋭く凝らされた。

「町方の犬か」

「先日、北町の同心蔵間源之助さまが素性の知れない浪人三人に狙われなすった。そして、その三人の浪人は翌朝、仏《ほとけ》になって大川の河岸に浮かんでいたんですよ。三人とも毒を盛られていました」

「な、なんと」

林の目が血走った。

「そのお三方」

京次は人相書きを示した。林は食い入るようにして見ていたが、

「木田《きだ》、上野《うえの》、山岸《やまぎし》」

と、凄い顔になった。

「馬廻りの方々ですね」

「いかにも」

林は目を寂しげにしょぼつかせた。

「すると、浦河さまが持ちかけた仕事というのは、蔵間さま暗殺ですね」

ここまできては林も認めざるを得ないようで、

「そうだ」

と、唇を嚙み締めた。

「林さまは加担なさらなかったのですね」

「当然だ。拙者の剣はいたずらに人を斬るためにあるのではない」

「ご立派だ」

京次は銚子を向けた。今度は林も受けた。

「しかし、三人は殺されたのか」

「口封じでしょうね」

「いかにも浦河ならやりそうなことだ」

それから林は浦河に対する不平不満をぶちまけた。

「権力にすり寄る嫌な奴と思っていたが、そこまで汚い手を使うとはな」

林は猪口をあおった。

「このまま放っておく気ですか」

「放っておくもなにも」

林は口ごもる。

「まだ、帰参への未練がありますか」

林は妻子を抱えている。宗盛が隠居したことで、帰参が叶うという望みを持っていた。ところが、

「三万石の減封になるという。当然、家臣をこのまま抱えていれば台所事情は悪くなる一方だ。そんな状況だから、今さら、家臣を増やすことなどできるはずがないと言われ、どうしてもとすがる拙者に同心殺しが持ちかけられた」

「足元を見られたわけですね」

「そういうことだ」

林がにがにがしげにうなずく。

「きたねえ」

京次は林を煽るような物言いをした。林は顔を歪ませる。

「このまま引っ込むつもりですかい」

「どうにもならん」

「そうでもねえでしょう」

「なんだ」

「実はあっしは狙われた蔵間さまとは懇意にしているんですよ」

「それは」

京次はニヤリとした。

「まことか」

林の目が揺れた。

「ここは、蔵間さまに会ってみませんか。林さま、あっしゃ、お侍さまの事情に口出しする気は毛頭ありませんがね、でも、このまま引っ込んでいるってえのは、武士の沽券《こけん》に関わるんじゃござんせんか。林さまは十万石の殿さまの馬廻りをなすっておられたのでしょう」

誇りを傷つけられたように林は首をうなだれる。

「でしたら……」

「そうじゃな。あの浦河の奴、殿の前ではいい顔をしておって、散々に世辞などを使い、殿のお立場が悪くなると一転して、追い出しに回った。実に卑劣な男だ」

林は気持ちを高ぶらせた。

「やりましょう」

誘いをかける。

「よし、その同心殿に会わせろ」

京次は言った。

「合点《がってん》です」

京次は勢いよく立ち上がった。


京次は林を案内して自宅に戻った。すると、源之助が待っていた。源之助は林を見て怪訝な表情を浮かべた。京次がお峰に目配せをする。お峰は心得たもので、込みいった話になることを気遣い、

「湯屋に行ってくるね」

と、足早に出て行った。

お峰がいなくなったところで京次が林を源之助に紹介し、ここに連れて来た経緯をかいつまんで語った。

「北町の蔵間です」

源之助はいかつい顔を向けた。林はしばらく黙って源之助の顔を見返す。浦河の仕事を引き受けていたら、目の前の男を狙わねばならないのだろうという感慨を抱いているようだ。それからはっとして、名乗る。

「こたびは、三人がとんだことを」

林はまるで自分が悪いことをしたみたいに何度も頭を下げる。

「どうぞ、お手を上げてください」

丁寧に源之助は言う。

「いや」

すっかり林は恐縮している。

「桂木家、大変な揺れようでございますな」

「まあ」

林の声はしぼんでゆく。

「わたしは、桂木家には恨みはござらん。ただ、永田さまには好感を抱きました。して、浦河殿には命を狙われた。そのこと、水に流すほど、わたしは心が大きくはない」

「当然でございましょう」

林はうなずく。

「ならば、ここでわたしは浦河殿に一矢《いっし》報いたいと思います」

「それも当然ですな。拙者とて、浦河の顔を見るとむくむくとした怒りが湧いてきます」

言葉通り、林の目は鋭く凝らされた。

「やりましょうよ」

京次が言う。

「やろう」

林も賛同したが、それから呆けたような顔をして、

「いかがするのでござる」

大真面目に訊いた。その裏には浦河の罪状を明らかにすることができるものなのかという疑念が透けて見える。

「浦河さまは桂木さまの家臣、ですから、町方の差配外。わたしどもがお縄にすることはできません。ですが、罪を弾劾する場はある。評定所に持ち込むこともできましょう。ただ、それをするには、浦河さまの罪状を明らかとしなければならないのです」

「わかります」

林は最早酔ってはいなかった。

「林殿、浦河殿を呼び出してくだされ」

源之助は言った。

「どうやってですか」

すると京次が、

「それこそ、蔵間さま襲撃のことで話があるってことを持ちかけたらどうですか」

と、源之助に賛同を求めるように言う。

「それで、来るかな」

林は首を傾げる。

「林さまは連日藩邸に押しかける。そのしつこさが幸いすると思いますよ。切羽《せっぱ》つまって、蔵間さま襲撃のこと、持ち出せば、決して放ってはおきませんや」

「いかにも」

源之助も力強く言い添える。

「では、どちらに、ここに呼びますか」

すると源之助が、

「常磐津の稽古所で面談というものもおつなものですが、そうだ」

と、日本橋長谷川町の瓢箪にしよう、永田と飲んだ店だ。

「瓢箪ですよ」

「瓢箪……」

林の目は戸惑いに揺れた。

「瓢箪から駒かもしれません」

愉快そうに源之助が言った。

四

源之助は家に戻った。

すると久恵が顔を出した。

「お客さまです」

玄関の土間には女物の履物が揃えてあった。目で誰だと訊くと、

「文代さまとだけ」

文代が訪ねて来たのか。

「わかった」

大刀を鞘ごと抜き、久恵に渡す。久恵はそれを受け取り居間に向かう。まだ、源太郎は戻っていなかった。

「お留守中にお邪魔しております」

文代は丁寧に頭を下げた。

「今日は何用ですか」

　ゆっくりと腰を下ろす。

「蔵間さま、よくぞご無事で」

「簡単にはくたばりません」

　いかつい顔を歪ませる。

「浦河さまのこと、わたくしは許すことができません」

　文代はいきなり切り出した。

「お気持ちはわかります」

「罪に問うことはできないのでしょうか」

　文代は言った。

「それは」

　実はその相談がまとまったのだった。それを安易に口に出すことは憚られる。

「何かございませんか。わたくし、なんでもお手伝いします」

　文代は訴えかけた。

「まあ、それはわれらにまかせてください」

「蔵間さまには何かよきお知恵がおありなのでございますか」

期待の籠った目で見られる。

「まあ、それなりに」

言葉を濁したもののそれで文代が許してくれるものではなかった。思ってみれば、文代は浦河からひどい目に遭わされた。夫婦約束をしながら、浦河は宗盛の側室咲江に夜這いをし、その挙句が咲江を殺した。そして、それを宗盛になすりつけ、隠居に追い込んだ。確かに文代には腹立たしいことだろうが、そんな男にいつまでもこだわることはない。早く、気持ちを楽にすればいいのだ。

「お気持ち、お察し致しますが、こう申してはなんでございますが、いつまでも浦河殿に恨みを抱かれるよりはこれからのことをお考えになられてはどうでしょう。確かに、浦河殿の裏切りで心の傷を負うたことでしょう。ですが」

すると文代の目は厳しく凝らされた。

「浦河さまは、こたび、わが父を桂木家から去らせようとしているのです」

「それは、いかなることですか」

「父八神右衛門は、こたびの減封に伴い家臣削減の対象となったのです」

文代の顔は紅潮した。

つまり、浦河は邪魔な者を放逐しているというわけだ。文代と夫婦約束が反故《ほご》になったからには邪魔でしかない。父親も目障りな存在なのだろう。

「ですから、なんとしても浦河を」

最早呼び捨てである。

「罪に問い、浦河さまを藩政改革の責任者の座から追いたいというわけですね」

「そうです」

文代はこくりとうなずいた。

「このままでは、浦河により、桂木家はひどいことになってしまいます」

「ですから、それは我らにおまかせください」

「ですが、桂木家に仕える者としまして、殿さまのご隠居に関わる、咲江さまにお仕えしました者としましては、黙ってはいられないのです」

「ですが」

源之助は渋る。

「お願いします、立ち会うだけでいいのです。蔵間さまが浦河を糾弾する場に居合わせてくださいませ」

文代は頭を下げた。

「浦河殿と面と向かい合うとなりますと、お辛くはないですか」

「そんなことはございません」

文代は毅然と返した。どうあっても、同席したいようだ。承諾しなければてこでも動かないだろう。

同席するのは構わない。

むしろ、文代が同席することで浦河の動揺を誘えそうな気もする。

「しからば」

瓢簞の所在を告げた。

「さるお方の働きかけで明後日《あさって》の暮れ六つに浦河殿を呼んでおります。いらっしゃるかどうかはわかりませんが」

「わかりました」

文代の目は決心に彩られている。留め立てはできない空気を醸し出していた。

「本日はありがとうございます」

文代の表情は明るくなった。

文代と入れ違いに源太郎が帰って来た。

「善太郎と京次、いい働きをしたようですね」

源太郎は京次の家に立ち寄ったようだ。

「善太郎の奴、京次も舌を巻くほど堂々としていたそうだ」

「浦河殿と対決をなさるのですか」

「むろんだ」

「わたしと牧村殿も立ち会いたいのですが」

「それは無用だ」

「そうおっしゃると思いました」

源太郎がにんまりとする。

「ともかく、ここは引くわけにはいなかい。たとえ、大名家の争い事であろうと、人の命が奪われ、狙われもした。そのようなこと、どんな事情であれ、許されるものではないのだ」

「おっしゃる通りです」

「これはわたしの誇りにかけて行うものだ」

「はい」

源太郎もひどく緊張した顔である。

「なんだか、血が騒ぐな」

「父上、いつまでもお若い」

「馬鹿にするな」

「馬鹿にするなど、とんでもない。本音でございます」

　源之助はうれしくなってきた。やはり、悪を懲らしめることには大いに血が騒ぐ。これが自分だ。のんびりと釣りをすることもいい。そんな暮らしにも憧れるし、事実やってみたいと思う、しかし、自分には悪党の所業を調べ、それを明らかにすることに勝るものはない。

もちろん、御用は遊びではない。

遊びではないだけに燃える。何故、燃えるのか。そこには命がかかっているからだ。いや、命ばかりではない。誇りもだ。それが武士というものではないか。

身勝手な言い分かもしれないが、自分には絶対に曲げられないことだという思いを強くするばかりだ。

「源太郎、今度は負けんぞ」

「はあ」

「何を呆けた顔をしておる。剣は負けぬと申しておるのだ」

「わたしとてです」

源太郎はいかにも受けて立つかのようである。

「申しておくが、この前は油断だ。本気であれば後《おく》れを取るものではない」

負け惜しみと思いつつそんな言葉が口から出ることによって、源之助は一段と自分を鼓舞《こぶ》した。

まだ、老いるわけにはいかない。

隠居なんぞするものか。

「おい、美津殿との縁談が調い浮かれて怠るなよ」

「もちろんです」

源太郎の言葉はいつになく頼もしかった。

第七章　女の覚悟

一

翌々十四日の夕七つ半、源之助は京次を伴い瓢箪にやって来た。

既に林が来ている。林はやや緊張をはらんだ目で入れ込みの座敷に座っていた。衝立で仕切られているとはいえ、雑然とした雰囲気の中、客たちが発するざっかけない言葉で賑わっている。林は何も注文せずに目だけぎらぎらとさせている。その姿は浪人という風体《ふうてい》と相まって、近寄りがたいものだった。店の者も遠慮して声をかけようとはしない。

京次が、

「何も頼んでいないんですか」

「そんな場合ではない」

　林はむっとして返す。

「しかし、それじゃあ、店だって迷惑だし、不自然ですよ」

「ならば」

　林はそこでようやく酒を一本頼んだ。源之助は京次と共に衝立を隔てて横で様子を窺った。源之助と京次も酒と煮しめを頼み、ちびりちびりと猪口で飲んだ。

「やって来ますかね」

　京次が訊く。

「そう思って待つしかあるまい」

　ちらっと戸口に目をやる。浦河が来るかどうかもさることながら、源之助にとって気にかかるのは文代のことである。果たして文代は乗り込んで来るのか。一昨日の口ぶりでは絶対に来るようだった。横で林がそわそわとしだした。落ち着くため か酒の二本目を頼んでいる。飲む調子も上がってきた。

「ちょっと、飲み過ぎですぜ」

　京次が小声で声をかける。

「ああ、そうじゃな」

林は猪口を畳に置いた。それから、目の前にある煮しめの中から里芋を箸で突き刺し、口に運ぶや一口で頬張る。

その時、戸口が乱暴に開けられたと思うと浦河が入って来た。羽織、袴に頭巾を被っている。林が首を伸ばし、浦河の方を見る。浦河と視線が交わると浦河はささっと歩き、いかにも周囲の客を邪魔だとばかりに無言の威圧を加える。

それまで楽しく飲んでいた連中も、にわかに現れた身形《みなり》立派な侍に気圧《けお》されるようにして道を空ける。

浦河は林の前に立つと、

「なんじゃ、こんな所」

と、吐き捨てた。

「すまんな」

林は気圧されてしまっている。

浦河は立ったまま、

「もっと、ゆっくりと話せる所があるであろう」

「いや、それが」

林が口ごもったところで、

「良い店ですぞ」

源之助は衝立から首を伸ばした。浦河は驚きの視線を向けたが、

「どういうことだ」

と、語調鋭く問い返し、京次の顔を見て一昨日にやって来た杵屋の手代だと思い出したようだ。

「まあ、お座りくだされ」

源之助は京次に目配せをした。京次は林の席と隔てていた衝立を取っ払った。もう一度目で座るよう浦河を促す。浦河は憮然として腰を落ち着けた。

「ここは、肴がうまいのです。特に煮しめなどは絶品」

それを示すように源之助は里芋を頬張ると美味そうに咀嚼《そしゃく》した。それからおもむろに、

「亡くなられた永田さまに教えていただいたのです」

永田が時折、ここにやって来ることを話した。

「永田殿らしい」

いかにも小馬鹿にしたように浦河は言う。

「それより、林」

浦河は見下した物言いだ。林が、

「本日、呼び立てたのは書状にも書いたが、浪人となった三人、死んだそうではないか。その死の真相を知りたい。場合によっては、貴殿を糾弾する」

林は凄い目で睨む。

「貴様、酔っておるようだな」

浦河は言った。

「酔ってはおらん」

反発した林だったが、己の舌がもつれていることを自覚したようで、

「多少は酔っておる。しかし、酔わずにはいられないおまえの所業だ」

もう、なりふりはかなぐり捨てている。

「ふん、らちもない」

浦河は大刀を摑み腰を浮かした。

「待たれよ」

源之助が鋭い声で引き止める。

浦河は腰を落ち着けた。そこへ林が、

「三人を殺したのはおまえか」

「馬鹿な、何故、殺さねばならん」

「口封じだ。おれは断ったが、北町奉行所の同心を殺せば礼金と帰参を叶えるという仕事を持ちかけられた。三人はそれを実行し、しくじったのだろう」

浦河は黙っている。

「その北町の同心とはわたしのことですな」

源之助は自分を三人の浪人が襲ってきたこと、そして、その三人が翌朝大川の河岸で発見されたこと、さらにはその三人が林の同僚であったことを話した。無言を貫く浦河に、

「黙っていないで答えろ」

林が迫る。

その声によって周囲で飲んでいた客たちはすごすごと帰り支度をし始める者が出てきた。店の者がはらはらした目を向けてくる。

「こんな場所で糾弾に及ぶのか」

浦河はいかにも不機嫌だ。

「ああ、答えろ」

林は言う。

「もし、そうだとして、なんとする」

「むろん、藩庁に訴える」

「おまえはもう桂木家とはなんの関わりもない素浪人だ。訴えなど聞き届けられるものか」

浦河はうそぶいた。

「評定所に訴え出るさ」

「何度も言わせるな。素浪人ごときが評定所に訴え出てなんとする」

「わたしが付き添います」

源之助が言う。

浦河は問答無用とばかりに立ち上がった。

「待て」

林が呼び止める。

「やれるものならやってみろ」

それを捨て台詞《ぜりふ》に浦河は入れ込みを歩き始めた。飲み食いしている連中を蹴散らさんばかりの勢いで突っ切ると雪駄を履き、戸口へと向かう。源之助は林を促し後を追った。戸口を出たところで浦河に追いつく。

「しつこいぞ」

浦河が言う。

「逃げられはせんぞ」

林は言う。

「刀にかけるつもりか」

浦河の目はいかにも馬鹿にしているようだ。

「おう、望むところだ」

林が受けて立つ。あながち酒の勢いでもないようだ。刀には自信があるということだろう。二人に果たし合いをさせるのはよくないが、浦河に罪状を認めさせるにはそれも一考だ。

「この先に稲荷がございますぞ」

源之助が言った。

「それはちょうどいい」

林が応じた。

「よかろう」

浦河も応じた。

二人は稲荷へと向かう。真剣勝負となるかもしれないが、お互いが傷つかぬうちに止めさせよう。こぢんまりとした稲荷に入る。人影はない。鳥居と古びた祠《ほこら》があるだけのみすぼらしい稲荷である。

「いざ」

林は抜刀した。

浦河も刀を抜き、林と対峙《たいじ》する。源之助が間に立つ。

「見届けてくだされ」

林が言う。

「それはよろしいが、浦河さま、ご自分の罪を認められてはどうか」

源之助は言った。

「好きにすればよかろう。わたしが林を斬って後、評定所なりどこなりへと訴え出るがいい」

証人の林を始末する気になったようだ。林とて、刀を抜いたからには勝負せずにはいられない、ここで、刀を引いては武士の沽券に関わるというものだろう。だが、ここは、勝負をさせてはならない。林がどの程度の腕かは知らない。浦河についてもわからない。従って、必ずしも林が斬られるとは限らない。

というか、かりに林が浦河を斬ったとしてもそれでおしまいということになる。浦河の罪を明らかにしたいところだ。

「無益ですぞ」

源之助の止め立てに、

「黙れ」

浦河は勝つ気をみなぎらせている。

「武士の情け。刀で決着に及びます」

林もやる気満々だ。

「いざ」

浦河は正眼に構える。

「まいるぞ」

林は大上段だ。

夕陽が二人の影を境内に引かせていた。葉桜が風に吹かれて舞い散っている。

二人が間合いを詰めた。

二

と、その時、

「待たれよ」

と、女の声がした。

もしや。

源之助以下、三人の視線が声の方に向けられた。

文代が駆け込んで来た。

これには林も浦河も大刀を下げ、お互いの顔を見やっていたが、どちらからともなく、刀を鞘に戻した。

浦河が文代に向き直った。

「文代殿、いかがされた」

「浦河さまの所業、断じて許しがたいものがございます」

文代はきっとした目で浦河を睨みつけた。浦河は文代の剣幕にたじろいだように横を向いた。それから己に言い訳をするかのように、

「お父上のことはわたしとて苦渋の思いで行いしこと」

「父のことばかりではございません」

「なんでございますか」

「惚《とぼ》けるのはやめてください。それでも武士ですか」

文代の追及に源之助も林も言葉を失くし、成行きを見守るしかなかった。

「まさか、咲江殿のことですか」

「当たり前です。よくも、咲江さまを殺めましたね」

「あれは殿、いえ、大殿の所業」

宗盛は隠居したため、桂木家中では大殿と呼ばれているようだ。

「大殿さまになすりつけるのですか」

「なすりつけるもなにも。それが事実でござる」

浦河は引かない。

「卑怯なり」

文代の目からは涙が溢れた。

「文代殿、いい加減になさってくだされ」

浦河はうんざり顔となった。

「卑怯者！」

文代の口から甲走った声が発せられたと思うと、右手がさっと懐中に入った。と、次の瞬間には右手にきらりと光る物が。

あっと思った時には文代は懐剣を浦河の首筋へと突き刺した。

「うぐっ」

くぐもった声が浦河の口から発せられた。同時に鮮血が噴き上がり文代の顔といわず、着物といわず真っ赤に染めていく。浦河は何が起きたか把握できないかのようなうつろな目になったと思うと、

「な、なにを」

と、言葉にならない声を上げ、どうと地べたに倒れ伏した。それを見て文代はぺたりと境内にしゃがみ込んだ。林は呆然とそれを見ていた。源之助は無言のうちに文代の前に立った。

「咲江さまの仇を討ちました」

源之助を見上げる文代の顔は鮮血に染まり、恐ろしいまでの妖艶さを放っていた。

一時後、源之助は京次を伴い、文代と共に桂木家上屋敷へとやって来た。京次が調

達して来た大八車に浦河の亡骸を載せ、筵を被せてある。人の形に盛り上がった筵を眺めながら道々、源之助は文代と話をしてきた。陽が落ちているため、幸いにして人通りは少なく、野次馬の目にさらされることがないだけ、救いと言えた。

「すみません。一切の責任はわたしが負います」

文代の決心の表れがこうした形になろうとは、自分ながら予想できたはずである。いや、できなかった。

まさかという思いが強い。

それだけ、文代は浦河に対する恨みが深かったということだろう。夫婦約束を破棄され、仕えていた咲江を殺され、それを宗盛の仕業に仕立て、さらには父をも桂木家から追い出そうとしている。

恨み骨髄なのはわかるが、まさか、殺めるとは。

一見してつつましやかな文代の中にそのような情念が秘められていたとは。

沈黙を破るように源之助が口を開いたのは御堀に架かる芝口橋を渡った時である。

「武芸のお心得がおありのようですね」

つい、そんなことを訊いてしまった。

「多少ですが」

答える文代には後悔がないようだ。

「我慢なりませんでした」

「殺さねばならなかったのですか」

「浦河はどこまでも罪を言い逃れるようなつもりでした。そして、そのまま知らぬ、存ぜぬ、を通すことでしょう。それは断じてゆるされることではございません」

その思いが強くなり、

「顔を見ているうちに自分を押さえられなくなりました」

文代の口調は冷めている。自分がした行いについて今後は一切の責任を負うつもりのようだ。

「藩邸にて一切のことを話すつもりです。蔵間さまには一切のご迷惑はおかけしません」

文代の顔は夜目にもわかるくらいの決意を示していた。

京次の提灯が前方を照らしている。芝愛宕下の大名小路に差し掛かると、どこか艶《なまめ》いた夜風が流れている。亡骸を運んでいるとはいえ、春の闇にはそこはかとない色香が感じられた。それは夫婦約束までした男の裏切りに遭い、自らの手で復讐を成し遂げた結果、無残な骸と成り果てた男が文代によって運ばれているという、なんとも倒錯的な絵図に春夜が招き寄せているのだろうか。

なんとも不思議な気分に包まれた。

やがて、上屋敷の裏門に達した。文代が訪いを入れる。門番は浦河の亡骸が運ばれて来たことに驚愕し、慌てて門を開いた。鈍い音を立てながら開く門から、源之助と京次の手で大八車を運び込む。

「ここで、結構でございます」

文代に言われたがこのまま帰る気は起こらない。

「いや、わたしも立ち会ったのでございます」

「これ以上のご迷惑はおかけできません」

文代は毅然としたものだが、

「いえ、ここは、わたしとて、最後まで立ち会うつもりです。それは断じて曲げられぬこと」

しっかりと主張する。

文代はわずかに笑みを浮かべた。それが承諾の印《しるし》のようだ。

武家長屋から一人の初老の侍が駆け込んで来た。羽織、袴は乱れていていかにも慌てている。聞かずともそれが文代の父八神右衛門であるとわかる。

「父上」

文代はさすがに父を前に先ほどまでの気丈さを失い、どうと泣き崩れた。八神がしばらくの間、血に染まったわが娘を見ていたが、

「まずは、話じゃ」

と、源之助と京次に視線を向けた。文代が涙を拭き拭き説明しようとするのを制し、源之助がかいつまんで文代との関わりや浦河殺害に立ち会ったことを話した。八神は、

「では、ともかく」

八神はどこかで話そうとしたが、すぐに小者が耳打ちをした。

「御家老が」

八神の口からそんな言葉が漏れた。それから、

「すぐにまいるとお伝えせよ」

八神は返事をした。

それから文代を伴い御殿に行こうとする。

「ここは、それがしも」

源之助は言う。八神は躊躇ったが、文代が源之助も同席して欲しい旨を訴えたことと源之助が家老の吹越と面識があることで納得した。但し、京次は中間部屋で待つこ

とになった。

　源之助たちは御殿の一室に通された。玄関脇の素っ気ない座敷である。十畳の座敷には装飾の類《たぐい》はなく、これは三万石の減封以前からこのような簡素な造りであったという。八神が座り、その後ろに文代、源之助は部屋の片隅に控える形で座った。文代は顔を洗って薄化粧を施し、着物を着換えていた。行燈の灯が寂しげに部屋の中を照らし出している。その灯りの揺らめきの中にある文代の姿は、その気丈さゆえにかえってはかなくもあった。吹越を待つ間、誰も口を利くことはしない。重苦しい沈黙が胸に覆いかぶさる。

　源之助は咳が出そうになったが、それすらも憚られるほどの重苦しさだ。息が詰まりそうなことこの上ない。これから待ち構えている吹越との対面を思うと、気が重くなるのは当然であるが、待つ身の辛さというのもなかなかに大変なものだ。源之助とてもそれを感じているのだから、文代の心境はいかばかりだろう。それに、父八神の心境は。

　じりじりと時が過ぎてゆく。

　やがて、廊下を足音が近づいて来ると、いささかほっとすらした。それほどに待つことは辛かった。

静かに襖が開いた。

三人は一斉に頭を垂れた。

衣擦れの音がしたと思うと、

「挨拶は抜き、面《おもて》を上げよ」

家老吹越光太夫の声ではない。もっと、若々しく、かつ、力強い。頭を上げると、若いが品のある武士が座っている。

右衛門助盛貞か。

三

するとそこへ吹越が入って来た。

「殿、夜分、恐縮でございます」

吹越が言った。やはり、右衛門助盛貞だった。なるほど、宗盛とは違う。いかにも聡明で涼しげな面差しをしていた。八神が、

「このたびは、文代がとんだ不始末を致しまして」

と、詫びを入れたのを盛貞は制して、

「その男は何物じゃ」

と、源之助に扇子を向けた。吹越が源之助のことを紹介し、八神がここに来た理由を申し立てた。盛貞は興味深そうに源之助を見ていた。

「町方の役人か」

源之助に視線を注いでいたが、

「文代、何故、浦河を殺害したのじゃ」

と、唐突とも思えるほどに早急な問いかけをした。

それまで両手をついていた文代だったが、きっと顔を上げてから胸を張った。その堂々たる態度は浦河を糾弾しようという意志の表れのようだった。

「浦河さまとわたくしは夫婦約束をしておりました」

盛貞がちらっと吹越を見る。吹越はわずかにうなずいた。

それを確かめてから文代は話を続けた。

「浦河さまはそれでありながら、亡き咲江さまと密通をしました」

盛貞の顔色が変わった。吹越が文代を制しようとしたのを、

「よい、話せ」

と、続きを促す。

「そればかりではありません」

文代は浦河が咲江を斬り、それを宗盛の罪だとなすりつけたことを話した。

「まことか」

盛貞は吹越に鋭く言う。

「いえ、そのようなことはございません」

吹越の物言いには苦しそうなものが感じ取れた。

途端に、

「いいえ、相違ありません」

文代が言う。

すると八神が、

「文代、控えよ」

と、慌てて制した。

重苦しい沈黙が落ちたが、盛貞が、

「文代の申すことまことであれば、これは由々しきことじゃ。咲江殿はたとえ、吉原の遊び女《め》であったとはいえ、兄上の側室に迎えられたのじゃ。藩主の側室と家臣が密通していたことですら、驚嘆すべきことながら、その上、殺害し、それを兄上の罪とするなど考えられぬこと」

盛貞は怒りを爆発させた。吹越と八神は平伏し、怒りが静まるのを待っている。それに対し、文代は堂々と胸を張って盛貞を見ていた。

「吹越、どうじゃ」

盛貞の怒りが吹越に向けられた。

「文代の申すこと、いかにも仰天すべきことでございます。しかし、浦河が死んだ今となりましては、まさしく死人に口なし。真偽のほどを確かめることはできません」

吹越の額に汗が光っている。

「じゃが、文代の行いは自分の考えが正しいとの思いからであろう」

盛貞に問いかけられ、

「わたくしは信念を貫きました。もちろん、それは浦河さまに対する憎悪の念がそうさせたのでございます。夫婦約束をしながら、わたくしを裏切り、お仕えした咲江さまを殺し、さらには、藩政改革の名の下に父を桂木家から追い出す。そんな、浦河さまが憎くてなりませんでした。とは申しましても、あくまで私憤でございます。浦河さま殺害は私憤以外のなにものでもございません」

文代の物言いには躊躇いも淀みもない。改めて、文代という女がいかにしっかり者なのか。いかに、芯の強い女なのかが伝わってくる。

「これ、文代」

八神が叱りつけてから、

「拙者が御家を去らねばならぬのは、あくまで拙者の能力でございます」

即座に文代が反論する。

「父上、そのようなことを今さら申されますな。殿の前で話せる機会などないのです。今回のこと、浦河さまがわたくしや父上を邪魔になって去るように工作なさったのは明白でございます」

文代は主張してやまない。

「吹越、どうなのじゃ」

盛貞に問いかけられ、

「それは」

吹越は口ごもった。

「どうだと聞いておる」

盛貞は容赦がなかった。

「家臣削減のことは、浦河に任せておりましたので」

いささか苦しい言い訳なのは明らかだが、形勢は文代に呑まれている。

盛貞は思案するようにしばらく口を閉ざした。それから、源之助に視線を向けてきた。

「蔵間とやら、その方、町方の同心として文代の申すことといかに考える」

吹越が余計なことは言うなというような目を向けてくる。こうなると、余計に反発したくなる。文代は自分の考えを堂々と主張した。自分が恐れをなしてどうする。

「桂木さまの改革についてはお答えすることはできませんが、咲江さま殺害に関しましては、文代殿の申されることが正しかろうと思います」

「ほう、そうか」

盛貞はもっと詳しく話を聞きたそうだ。源之助は咲江が袈裟懸けに斬られていたこと、顔見知りの犯行であること、宗盛が去ってから浦河が信濃屋にやって来たのを文代ばかりか重左衛門も見ていることを並べ立てた。

「なるほどのう」

盛貞はこれですっかり文代を信用した様子である。文代の頬が火照《ほて》っているのがわかった。

「吹越、文代の申すこと、余は信用するぞ」

「はあ」

吹越はうなずく。

「となれば、文代の罪はどうなる」

「そうは申しましても、当家の重臣を斬ったことに間違いございません」

「仇討《あだう》ちとは思わぬか」

「お言葉ではございますが、仇討ちにはあたらぬと存じます。仇討ちは己が父や兄が理不尽に殺されたことに対する報復ですから」

「すると」

盛貞は思案をした。文代のことを助けたいのだろう。それから顔を輝かせ、

「浦河は奸臣。奸臣を征伐したのだ。どうじゃ。そうであろう」

「いかにも」

吹越は苦しそうに答える。

「そうじゃ。文代、あっぱれであるぞ」

盛貞は明るい声を出す。

文代の目に涙が光った。八神はひたすらに平伏している。

「奸臣を討ちし、あっぱれなる娘に免じて、八神、当家に留まるがよい」

盛貞は極めて上機嫌である。

「は、ははあ」

八神は感激の余り、声が震えている。

「余は当家にこのような女傑がおると知り、大変に喜ばしく思ったぞ。なあ、吹越」

「御意にございます。これで、当家は磐石になりましてございます」

吹越は立ち回りよく答える。

「ふむ、明日、文代には褒美をつかわそう」

「まことよろしきことで」

吹越の言葉に満足そうにうなずくと、盛貞は部屋を去って行った。

「やれ、やれ」

吹越は軽くため息を吐いた。八神は言葉もなく、ぼおっとしていた。

「文代、よかったのう」

「御家老さまにもご迷惑をおかけしましたが、どうにかなりましてございます」

「ふむ」

「殿が申されましたように、わたくしのことはおくとしまして、父のことよしなにお願い申し上げます」

文代には最早てらいはなかった。

「むろんじゃ。これまで通り、当家にて勤めるがよい」

「かたじけのうございます。この上は以前にも増して、忠義に励みます」

八神は平伏した。吹越はうなずくと、源之助に向いた。

「蔵間氏もご苦労であったな」

「なんの、文代殿にはすっかり、感心致しましてございます。まったく、あっぱれなるお方」

「わしも文代がこれほどの女とは思っておらなかった。永田殿が文代殿を咲江殿におつけしたのは、永田殿には女を見る目があったということかもしれぬ」

吹越は言った。

「吹越さま、浦河さまのこと、まことはどう思われますか」

「むろん、わが改革派に与《くみ》し、その手腕を買っておったのは事実」

「咲江さま殺害は」

「それはわしの与《あずか》り知らぬこと」

「ならば、問います。拙者、この蔵間源之助殺害を図ったことはいかに」

源之助にとってはそれはうやむやにはできないことだった。

四

「浦河がそのようなことを指図したのか」

「吹越さまはご存じないと申されますか」

「知らぬ」

吹越の素っ気なさは嘘を取り繕っているのか、それとも、本心なのか見極めがつかない。吹越は言葉が足りないと思ったのか、

「いかにも、浦河が指図したと、明らかにできるのか」

「できます」

毅然と答える。

「ほう、どうやって」

「林さまです」

「林」

吹越の目が細まった。

源之助は林との出会いから林から聞いた源之助殺害の仕事を浦河に持ちかけられた

ことを語った。

「浦河がそこまでのう」

吹越は腕を組んだ。それから、

「いや、それはとんだ不始末をしてしまい、申し訳ござらん。詫びてすむことではないかもしれぬが、まずはこの通りお詫びつかまつる」

吹越は頭を下げた。

「もし、詫びる気持ちがあるのなら、林殿を帰参させてはいただけぬか」

林のことが気になった。このままでは、浦河の罪を明らかにする道具として利用しただけで、それで終わってしまう。それではあまりに気の毒だ。

「林の帰参か」

吹越は苦い顔をした。

「叶いませぬか」

「いや、考えておく」

「考えておくだけでは致し方ござらん。吹越さまを信用しないわけではございませんが、何分にも重要なことでございますゆえ、ひとつ、書面にしていただきたい」

源之助は言った。

「よかろう」

吹越が腰を上げた。それから、座敷を出て行く。ここで文代が源之助に礼を述べ立てた。八神も丁寧に礼を言った。

「こうなったのは、文代殿のお力です」

「ですが、浦河を呼び出したのは蔵間さま。機会を与えてくださったのです」

「その機会を生かしたのは文代殿の強い意志でございます。八神さま、よき、娘ごをお持ちになられましたな」

「いや、その、昔から気の強いばかりの娘でございます」

八神は言いながらも満更でもなさそうだ。

「浦河さまの罪を明らかにできなかったのはいささか残念でございますが、これで、一応の決着がついたということでございますな」

「蔵間さまのお蔭でございます」

文代の顔は先ほどまでのきつい表情ではなく、女らしいたおやかさが広がっていた。

すると吹越が戻って来た。

「では、蔵間氏、これを林に渡してくだされ」

と、一通の書状を差し出した。そこには、林を帰参させる旨が記されてあった。

「確かに」

源之助はそれを懐に入れる。

「では、これにて」

源之助は腰を上げた。

気分すっきりとは言わないが、これで、桂木家の影御用は終わったと思った。

御殿を出ると夜桜が月明かりを受け、花を落としているものの、しっとりとした風情を醸し出していた。京次が待っている中間部屋へと足を向ける。

京次は中間部屋で酒を飲んでいた。先日、善太郎と共にやって来て以来、顔見知りとなった中間小兵衛である。

「おめえ、賭場に来るかい」

「そうだな」

考える風だ。

「来いよ。できるだけ、大勢の人間を呼んでいるんだ」

「そりゃ、ありがてえが、殿さまが変わったばかりで、いいのかい」

「だから、これが最後だって」

「そうか、それなら顔を出すかな。信濃屋の旦那も来なさるのかね」

「多分、いらっしゃるさ。旦那もここらで大きな寺銭を受け取りたいところだろうからな」

　小兵衛は毛脛をぼりぼりと掻いた。

「信濃屋の旦那もなさるのか」

「いや、旦那はなさらないよ」

「儲けだけか、金持ちは博打なんかに手を染めることはねえか」

　京次は笑った。

「ま、来たら楽しいさ」

「わかったぜ」

　京次が言った時、腰高障子が叩かれた。障子に浮かぶ影から源之助とわかった。中間が開けようとするのを制して京次が開けた。

「晦日だぜ」

　小兵衛に声をかけられ、軽く右手を上げるとそそくさと出た。

「どうにか、落着をした」

　源之助が言うと、

「そりゃ、ようございましたね」

と、京次が答え二人は上屋敷を出た。すると、そこに林が立っている。

「蔵間殿」

林は居ても立ってもいられなかったのだろう。気持ちは十分過ぎるほどわかる。

「林殿、喜ばれよ」

早速、吹越から預かった書状を手渡した。月明かりを頼りに林が書付を読む。見る見る、林の顔に喜びが広がるのがわかった。

「かたじけない」

林は書付を抱きしめた。

「意外な事の成行きとなりましたが、無事帰参が叶い、本当によかった」

「まったくです」

「ところで、文代殿というお方、つくづく女傑でございますな」

「あのような思い切ったことをなさるとは拙者も信じられぬ思い。ところが、その女傑のお蔭で拙者も帰参が叶うのですから、まこと、頼もしき限りでござる」

林は感慨深そうに上屋敷の裏門を見上げた。月明かりにおぼめく裏門を目を細めて見上げる林の横顔を見ていると、なんともいえぬ満足感が胸に去来した。

「蔵間殿、いずれ、この礼は致す」

「礼など不要。それよりも、このこと、一刻も早く妻子にお伝えなされよ」

「かたじけない」

林は声を弾ませて夜道を駈けだした。

「良かったですね」

京次もうれしげだ。

「今回は文代殿だ」

「まったくですね。美津さまといい、近頃、とてもしっかりなすった女人が増えてお
りますよ」

「お峰もな」

「あいつは、しっかりしているってわけじゃござんせんや。ただ、うるせえだけなん
ですよ」

京次は顔を歪めた。

「そのようなこと、申すものではない。歌舞伎の京次は女房で保《も》つ、ではないのか」

「よしてくださいよ、そんなこと、あいつの耳に入ったらそらもううるせいのなんの。

たまらねえんですから」

京次は苦笑を浮かべるばかりだ。

「ところで、桂木さまの御屋敷で明日、大がかりな賭場が開かれるそうですよ。金主は信濃屋の旦那重左衛門さんだそうで」

「信濃屋が」

いぶかしんだ。

「ご自分じゃさすがになさらないそうですがね、顔は出されるそうです。桂木家との繋がりを深めようとなさって金主におなりになったそうですけどね」

「なるほどな」

「でも、殿さまが交代して、三万石が削られ、賭場が開かれるのも最後だそうです。今回の御家騒動、いろんなところに影響しているんですね」

「そういうことだな」

なんとなく胸がもやもやとした。

「あとは、源太郎さんの結納ですね。もう、日取りは決まったんですか」

「ああ、そうだったな」

ふと我に返った。

「どうしたんですよ。浮かない顔をされて」

「なんだか、すっきりしない」

「何がですか」

「それがわからんから、すっきりしないのだ」

源之助は苦笑を浮かべるばかりであった。

第八章　海辺の決着

一

弥生の晦日、京次は桂木家下屋敷へとやって来た。

今更、賭場に顔を出してなんとすると思ったが、源之助からいいから顔を出してみろと勧められたのだ。一件が落着したというのに、源之助の冴えない顔が印象に残っている京次は心ならずも桂木家上屋敷にやって来たというわけだ。顔見知りになった中間の小兵衛に導かれ、中間部屋に入った。暮れ六つを過ぎ、百目蠟燭の煌々とした明かりにより、賭場の賑わいがわかる。小上がりの中央に白布を巻かれた畳が横に三つ並べられ、真ん中で壺振りがサイコロを振っている。三十人ばかりの客が目をぎらつかせながら、「丁《ちょう》」とか「半《はん》」とかの声を上げていた。

小兵衛が帳場に案内してくれた。帳場は中間部屋を入ったすぐ右手に設けられ、京次は三両分の木札を買った。帳場の奥に座布団が敷かれ、そこに羽織を重ねた店者《たなもの》風の男が座っている。目の前に銚子と膳が置かれ、酒で火照った顔で博打の様子をにこやかに眺めていた。

「信濃屋の旦那だ」

小兵衛が耳打ちをした。

信濃屋重左衛門は中間たちと機嫌よく言葉を交わしている。京次は部屋の隅に座り、小兵衛が持って来てくれた銚子を手酌で飲み始めた。小兵衛も横に座って猪口を傾ける。今日は好調で二両分浮いているそうだ。

「信濃屋の旦那、えらく上機嫌だな」

「旦那は博打の席がお好きなんだ」

「ご自分じゃ、おやりにならないのかい」

「滅多にな。いつもああして、おれたちが丁半博打に夢中になっているのを酒を飲みながら見ているのさ」

「人がやってるのを見て楽しいものかね」

京次は小首を傾げた。

「少々、変わっていなさるが、ま、こちとら金主になっていただいているんだから、文句も言えねえさ」

「今日の上がりは凄いだろうな」

見る見る客は増え、今は五十人ほどもいようか。中間や職人、店者などの町人に混じって武士や僧侶もいる。

「お侍は桂木さまの御家中かい」

「桂木さまの御家中ばかりじゃねえさ。近隣のお大名家や御旗本もいらっしゃるんだぜ。これが最後となりゃ、派手に遊んでいなさるよ」

小兵衛は肩を揺すって、今日の上がりは千両いくんじゃないかと皮算用をした。そのうちの三百両を重左衛門、三百両を桂木家に収め、残りを小兵衛たち中間連中で分けるという。

「なら、おれも楽しませてもらうか」

京次も博打に加わった。

壺振りがサイコロを入れた壺を白布を敷いた畳に伏せた。

「丁」

京次は一分《いちぶ》相当の木札を丁に張る。目をぎらつかせた者たちが、己が欲望を託し丁と半に分かれた。

「丁、半、駒、揃いました」

の声に続いて壺が持ち上げられる。京次の胸が高鳴る。取り立てて博打は好きではないし、これまでにのめり込んでもいない。それでも、いざ自分が張ってみると気分が高揚するから不思議だ。これが博打の持つ魅力というものか。

「二、四の丁」

と、告げられると、

「やったぜ」

思わず快哉を叫んでしまった。にやけながら、集まる木札を受け取り、続いて、

「丁」

と、またしても丁に張る。

「ピンゾロの丁」

またしても当たった。

「ついてるぜ」

今度は半だろうと思う。これがつきという奴か。今度は二分に相当する木札を賭けた。

「一、二の半」

壺振りの言葉に興奮は高まっていく。

我ながら博打の才があるのではないかと思えてくる。

「ついてるねえ」

小兵衛が横から銚子を差し出した。

「すまねえ」

猪口ではなく、湯呑で酒を受ける。それを飲み干すと格別の味わいだ。

「うめえ」

実に心地よい。百目蠟燭の揺らめきが極楽気分を煽り、鉄火場の熱すらも自分の身体に息吹《いぶき》となって駆け巡っているようだ。

「これからだぜ」

京次は壺振りを見た。壺振りは無表情で壺を振る。

「丁だ」

今度は一両分を張った。それから腕捲りをして結果を待つ。

「丁半、駒が揃いました」

と、言って開かれたサイコロの目は半だった。

「あ〜」

大きな失望がため息と共に吐き出された。

「こういうこともあるもんだ。これからだぜ」

小兵衛に励まされ、気を取り直して博打を続けたが、その後は勝ったり負けたりを繰り返し、ついには、三両分の木札を使い果たしてしまった。

「回そうか」

小兵衛がいくらか用立てようかと言ってきた。

「おれは初めてだし、この賭場、今日で最後なんだろう。貸し倒れになっちまうぜ」

「勝てばいいじゃねえか」

「負けたらどうする」

「杵屋へ集金に行くまでさ」

小兵衛は事もなげに言ったが、これ以上のめり込む気はしない。つい、熱くなってしまったが、落ち着きを取り戻してみると、今のうちにやめておかないと泥沼に嵌《はま》ることは明らかだ。多くの者がそれで身を持ち崩すのだ。負けを取り戻す。今度こそ、今度こそ、と借金をしてまで博打を繰り返し、気がついた時には逃れられぬ借金地獄に身を落とすのが成れの果てである。

「一休みしてな」

小兵衛は銚子を渡してくれた。ここで本来の仕事を思い出した。信濃屋重左衛門を見張るということだ。重左衛門は相変わらず、鉄火場を眺めては楽しげに酒を飲んでいる。一体、何を考えているのだろう。今日の上がりを算盤で弾いているのか。

すると、上等な紬の着物に羽織を重ねた初老の男が重左衛門へ挨拶をした。大店の主人といった風である。何事か二言三言、言葉を交わしたと思うと重左衛門は腰を上げた。酒で赤らんだ顔はいかにも上機嫌である。千鳥足で賭場にやって来ると壺振りの横に座った。酔っぱらっているが、背筋をしゃんと伸ばして正座をした。壺振りに何事か囁く。壺振りは軽くうなずき目に緊張を走らせた。

重左衛門に話しかけた男は重左衛門の向かい側に座った。こちらも折り目正しく、正座をしている。

京次は小兵衛に相手の男について尋ねた。

「木場の材木問屋三河屋《みかわや》のご主人徳三郎《とくさぶろう》さんですよ」

「信濃屋さんとは商い仲間ってことかい」

「そういうことだ。これから、お二人で大勝負をなさるってわけさ」

小兵衛は舌なめずりをした。

こいつは楽しみだ。

「さぞやでかい金が動くんだろうな」

「お二人以外、賭けねえからな」

小兵衛も興奮している。

「では、まいります」

壺振りの声にも緊張が感じ取れた。大きな声が飛び交っていた賭場に静寂が訪れた。みな、二人の勝負に並々ならぬ関心を示している。

壺が振られた。壺の中でサイコロがぶつかり合う音が響く。壺が伏せられた。

重左衛門が、

「三河屋さんからどうぞ」

と、静かに言う。その声には酔いの気配は一切感じられない。三河屋徳三郎は軽くうなずくと、

「半」

と、告げた。

重左衛門は、

「丁」

と、言う。それから、

「五百両だ」

と、言い足すと徳三郎に視線を注いだ。この勝負受けるかと言いたげだ。賭場がどよめいた。京次も、

「五百両か」

と、小兵衛に言う。小兵衛もさすがに驚いたようで、

「思い切ったことをなさるものだ」

と、盛んに首を縦に振っている。徳三郎も、

「いいでしょう。五百両」

と、平然と応じた。

賭場は水を打ったような静けさが訪れた。二人の材木問屋の意地と意地のぶつかり合いなのか。それとも、二人ともよほどの博打好きなのか。

「三河屋さんはよく来るのかい」

「いや、初めてだ。信濃屋の旦那の紹介で初めていらしたのさ」

最初で最後ということだ。

それにしては思い切った勝負に出たものだ。

重左衛門が徳三郎を引き込んだということは、重左衛門には勝算があるということか。勝算すなわちイカサマ。重左衛門は壺振りにイカサマをさせているのか。小兵衛に確かめたいところだが、訊いたところで答えてはくれまい。出たサイコロの目で判断するしかないだろう。

「丁、半、駒、揃いました」

壺振りの手が壺にかかった。京次も思わず知らず拳を握りしめていた。生唾を飲む音や、緊張に耐え切れずに小さなうめき声が漏れる。賭場中の視線が壺に引き寄せられる中、壺が開いた。

二

「二、三の半」

壺振りの声はいつになく大きかった。

賭場全体がどよめきに揺れた。京次も身体中の力が抜けていくようだ。徳三郎は勝利の喜びを押し包むように無表情を装っていた。一方敗者の重左衛門は口を閉ざしていたが、

「負けたか」

と、せいせいするかのように晴れやかな顔になっていた。

あっと言う間に五百両を失ってしまった。それにもかかわらず、このさばさばとした顔の裏には何があるのだろうか。桂木家御家騒動のあおりで店が傾き、賭場も閉鎖される。

最早、自棄《やけ》になっているのか。

重左衛門は立ち上がると再び帳場の奥に引っ込み、酒を飲み始めた。徳三郎は賭場のみなに酒を振る舞い上機嫌だった。

夜九つ、賭場は閉じられた。

明くる卯月《うづき》一日の朝、居眠り番に京次が訪ねて来た。

「昨晩ですがね」

京次は賭場での信濃屋重左衛門と三河屋徳三郎の勝負を報告した。

「五百両の勝負とは恐れ入りましたよ」

京次は興奮冷めやらぬ様子だ。

「重左衛門が、そんな大胆な勝負をするとは」

源之助とても意外な思いである。算盤を弾き、利に聡い重左衛門にそんな一面があるとは。博打好きというよりは勝負度胸があるということか。胆が据わっているということか。それとも、店が傾き自棄になったということか。

「どうも気になるな」

胸一杯に雲が広がっていく。

「行くぞ」

やおら立ち上がる。

「行くって何処へですよ」

「木場だ。信濃屋の様子を見てみたい」

「何か、匂いますか」

「ああ、ぷんぷんな」

胸の雲を晴らそうと声を大きくした。

源之助と京次は木場の信濃屋にやって来た。多くの奉公人が忙しげに働いている。その様子は活気に満ち溢れ、とてものこと家運が傾いているようには見えない。京次が店先に積まれた材木を検《あらた》めている手代の一人に声をかけた。

「忙しいようだね」

「ええ、お蔭さまで」

手代は愛想よく答えるものの、目は大福帳に注がれている。なんでも、材木置き場に急いで駆けつけなければならないのだという。これから、大量の檜が運ばれて来るのだそうだ。木挽き職人や川並《かわなみ》を従えてすぐにでも材木置き場に行きたそうだ。

「木曽からかい」

「そうですよ」

めんどくさそうに手代が返事をしたところで、

「どうして、そんな大量の材木を仕入れたのだ」

源之助が訊いた。

源之助のいかつい顔に威圧されたのか手代は、

「御公儀の入れ札で落札が叶ったのですよ」

昨日、幕府が大火に備えて大量の材木の入れ札を行った。一万両分の檜、杉の木を購入し、木場の材木置き場に保管しておけというもので、老中津坂丹後守が呼びかけ、木場の材木問屋で入れ札を行ったのだという。

「それを、信濃屋が落札したのか」

「旦那さま、とってもご運の強いお方でございます」

　手代は言った。

　一万両の商いが成立した。これは家運が傾くどころではない。手代は話を切り上げ、さっさと材木置き場へと急いだ。

「豪勢なものですね。一万両の商いが成立したとなりゃ、五百両だって惜しくはないでしょうね」

　京次は言った。

　源之助は店の裏手に回った。そこに、咲江が匿われ、かつ殺された離れ座敷がある。桜はすっかり花を落としていたが、庭は陽光に溢れ、いかにも信濃屋の繁栄を物語っていた。母屋の縁側に座り、日差しを気持ちよさそうに仰ぎ見ている重左衛門の姿がある。いかにもわが世の春を謳歌しているようだ。

　源之助と目が合った。

「これは蔵間さま」

　重左衛門はにこやかに挨拶をし、源之助と京次を迎えた。源之助と京次はゆっくりと庭を横切り、重左衛門の前に立った。重左衛門も腰を上げる。

「御公儀の入れ札、見事落札したそうではないか」

「運が良かったのです」

重左衛門は笑顔だ。

「これで、桂木家から天領となっても商いは細ることなく、それどころか、益々繁盛するというわけだな」

「何が幸いするかわからぬのが、商いでございますすな」

「ところで、昨晩は大損をしたようだな」

一瞬、重左衛門の目が泳いだ。すると、京次が、

「実はあっしもあの賭場におりました」

と、すかさず言い添えた。

重左衛門の表情がすぐに緩まり、

「そうでしたか。いやはや、サイコロの目は思うに任せませんなあ。酒に酔った勢いで馬鹿げた賭け事をしてしまい、商人失格です」

「五百両は大金だ。わたしなどは生涯目にすること叶わぬ金だが、一万両の商いが成ったとなれば、痛くも痒くもないということか」

「蔵間さま、そんなことはございません」

重左衛門は厳しい目をした。

「今回の入れ札、御老中津坂丹後守さまが仕切っておられたのだな」

「そうですが」

重左衛門の声が低まった。

「津坂さまといえば、桂木家の新しい殿さま右衛門助盛貞さまの後ろ盾となられたお方。おまえが応援していた伊賀守宗盛さまとは反目であるな」

源之助はいかつい顔を向ける。

「そうです。ですから、わたくしも内心では心配しておったのです。ひょっとして、わたくしが入れ札に参加すること、許されないのではないかと危惧を抱いたものです。ところが、津坂さまはさすがは天下の政を担う老中さまでございます。そのような不公平なことはなさいませんでした」

「それはよかった。では、桂木家が三万石を御公儀に収めるというのは、信濃屋にとっては吉と出たというわけだ」

「何度も申しますが、禍転じて福となすということでございます」

「まこと良かったな」

そう言葉を投げかけて源之助は踵を返した。

京次と二人で信濃屋を出た。

「重左衛門、よっぽど運のいい男ですね。あれだけ運がいいと、人間、怖くなるものですよ。ですから、五百両の大損はつき過ぎた運を落としたってことになるのかもしれませんね」

「そうかもな」

源之助の表情は曇っている。

「なんです、また、浮かない顔ですか。どうしてですよ」

「どうも引っかかるな。そう、そう、運が好転などするものか」

「そういうことだってあるんじゃありませんかね」

源之助は顎を掻いた。京次の目も光った。

「何か裏がありとお考えなんですね」

「匂うさ」

「その匂い、探りましょうか」

「探らずにはおけんな」

「となると、三河屋ですね」

「そういうことだ」

源之助は足取りも軽く三河屋へと向かった。

二人は三河屋の店先に立った。信濃屋からは北へ三軒目の店だ。元禄元年創業。つまり、木場という町ができたと同時に商いが始められた、いわば、老舗である。すぐに京次が徳三郎に面談を求める。徳三郎は怪訝な顔をして出て来た。源之助と京次を交互に見ながら、

「何か御用でしょうか」

京次がにんまりとしながら、

「昨晩の博打のことでちょっと」

と、声を潜めた。

徳三郎の顔色が変わった。それから視線を四方八方に走らせ、

「まあ、お入りください」

源之助と京次を店の中へと導く。通り土間を進み、店の裏手にある座敷に通された。

「申し訳ございません」

いきなり徳三郎は両手をついた。

「まあ、頭を上げてくれ」

源之助はいかつい顔を際立たせた。

徳三郎と目が合ったところで、

「聞かせてくれ」

と、どすの効いた声を発した。

三

「ええ、それは」

徳三郎は口をもごもごとさせた。

「昨日、五百両の大勝負をしたな」

「ですから、それは」

徳三郎は脂汗を滲ませた。

「そのことはよい。何も、博打の摘発を行うためにやって来たのではない」

源之助の言葉を半信半疑の思いであるかのように徳三郎は目をしばたたいた。

「そうしますと……」

「裏だ。裏を知りたい」

「はあ……」

「五百両の裏には何があるんだ」

源之助は迫る。

「何とおっしゃいましても。大変に巨額ではございますが、博打を行い、わたくしが勝ったということでございます」

「博打はやったことがあるのか」

「いいえ」

徳三郎は頭《かぶり》を振ってから、

「生まれて初めてでございます」

そう付け加えた。

「それにしては大したものだ」

「ですから、運が良かった。はっきり言ってまぐれでございます」

徳三郎は照れるように目を伏せる。

「勝負は時の運。なるほど、ついていたということだろう。だが、大したものだ」

源之助は言った。

「ですから、それは、まぐれ」

徳三郎が繰り返した時、

「勝負度胸を誉めておるのだ」

「はあ……」

「生まれて初めて賭場に行ったと申したな」

「はい、その通りでございます」

「偽りはあるまいな」

いかつい顔を突き出す。徳三郎は飲まれたように小さな声で間違いないことを告げた。

「生まれて初めての賭場。しかも、五百両もの大金を賭けた大勝負。勝ち負けは運任せとはいえ、それを受ける度胸というものは大したものだと誉めておるのだ。三河屋の身代がどれほどのものかは知らぬが、いくら分限者《ぶげんしゃ》といえど、一回の勝負に五百両というのはいかにも法外であると思うのは見当違いなのか」

いかつい顔を緩ませる。笑顔を取り繕ったが、そうすると源之助は余計に怖い顔になるから妙なものである。徳三郎は身をすくませて、

「ですから、わたくしとて、冷や冷やでございました。本当に小心者でございますので」

と、その言葉を裏付けるように徳三郎の顔は汗にまみれていた。すると京次が、

「小心者には見えませんでしたぜ。実に堂々たる大店の旦那の威厳を漂わせていらっしゃいました」

「それは……」

徳三郎の顔が苦しげに歪む。

「ほう、それはまたどうしたことかな」

源之助は厳しい視線を徳三郎に注ぐ。

「それは、わたしどもとて、商売人です。いざというときには胆を据えてかかります」

「御公儀が買い付ける材木の入れ札の時などか」

「さようでございます。それは度胸を据えてかからねばなりません」

徳三郎に自信がみなぎった。

「そういえば、入れ札は信濃屋にやられたのだったな」

「はい、残念でした」

徳三郎の顔がしかめられた。

「三河屋は木場の材木組合の肝煎《きもい》りを務めているのであろう」

「はい」

「今回は是非とも落札をしたかったであろうな」

「それはもう」

徳三郎の視線が泳いだ。

「そうか」

源之助はにんまりとした。

「なんでございます」

徳三郎は探るような目を向けてくる。

「これは、わたしの勝手な想像だ」

源之助はそう前置きした。それから、じっと徳三郎を見ながら、

「御公儀発注の材木の入れ札に関して談合が行われていた。最初から信濃屋が落札することで話がまとまっていたのだ。そして、その代わり、その代償として博打の場で重左衛門はおまえに五百両を渡した」

「では、仕組まれていたとおっしゃるのですか」

「そういうことだ」

源之助は睨んだ。

徳三郎は黙っている。

「どうかな」

源之助はにんまりとする。

「それはいかがなものでしょうな」

徳三郎は惚《とぼ》ける風だ。

「ま、それはいい。このこと、なんの証《あかし》もないこと。わたしの勝手な考えであるからな。事の真偽は問うまい」

源之助は一睨みをしてから京次を促し腰を上げた。

すると、

「余計なことかもしれませんが」

と、徳三郎はひとり言のように呟いた。源之助は腰を落ち着ける。

「信濃屋さんが懇意にしておられた桂木さま、お殿さまが交代なされましたな。新しい殿さまは大変にご聡明なお方とか」

「そのようだな」

文代と共に面談した時の盛貞が思い出される。

「近々、ご正室に御老中津坂丹後守さまの姫さまを迎えられるとか」

いかにもという気がする。津坂が後ろ盾となっている以上、それは当然のことのように思える。いわば、既定路線といえるだろう。

「その上、側室さまも置かれるそうです」

「ほう」

「なんでも、家臣の方のご息女だそうです」

なんだと。まさか。

源之助の胸に奇妙な渦が巻き起こった。

「名は、なんと申されるのだ」

徳三郎は少しの間考えていたが、

「確か文代さまとか」

文代が盛貞の側室に。

いささかの驚きを禁じ得ない。

「いえ、余計なことを申してしまいましたか」

徳三郎は皮肉な笑みを浮かべていた。

「ならば、これでな」

源之助は京次を伴い表に出た。

「どうしました。顔色が悪いですよ。腹の傷が治り切ってないんじゃござんせんか」

　京次は心配そうだ。

「傷はもう治っているさ。それよりも、とんだ間違いをしていたようだ」

　腹から絞り出すように言う。

「間違いですか……」

「ああ、大間違いだ。どうやら、まんまと嵌《は》められたようだ」

「蔵間さまがですか」

「今回のこと、思ったよりも根深い。おそらくは首謀者は吹越光太夫」

「桂木さまの御家老さまですか」

「いかにも。そして、その片棒を担いだのが信濃屋重左衛門と文代殿だ」

「どういうことですか」

「重左衛門は、先君宗盛さまを吉原に招き接待をした。その際に咲江という花魁をあてがい、耽溺させた。宗盛さまは元来が放蕩を極めたお方。たちまちにして、咲江に耽溺した。そして、そのことは盛貞さまを担ごうとする吹越さまには格好の材料となった」

さらに、吹越は計画を進める。

咲江を信濃屋に引き取らせ、文代に咲江を身の周りの世話をさせる。そして、咲江をあおり、宗盛をおびき出させる。

「咲江は浦河とねんごろになった。わたしは、てっきり浦河が咲江を斬ったものと思っていたが、そうではないようだ。何故なら、浦河は文代殿に斬りつけられた時ですら、自分の無実を訴えていた。あれは、あながち、往生際の悪さではなかった。それに、浦河を見たのは文代殿と重左衛門の二人。二人が示し合わせているとすれば、浦河を下手人に仕立てることもできたということだ」

「するってえと、咲江さまを殺したのは」

「文代殿であろう」

咲江は袈裟懸けに斬られていた。文代ならば、それくらいのことはできるだろう。

「こいつはひでえ」

京次は歯嚙みした。

「信濃屋は老中津坂さまと結びつき巨大な利を得た。これからは、御公儀の御用商人としてさらに財産を築いていくつもりだろう」

源之助の目は爛々とした怒りに燃えていた。

四

卯月の五日の昼下がり。

深川洲崎弁天社近くの浜辺に一丁の駕籠が付けられた。女乗り物と呼ばれる豪華な駕籠で、大名の妻女が乗る。その引き戸が開き出て来たのは桂木盛貞の側室となった文代である。

振袖の打掛を身にまとった文代は、誰も従えることなく浜辺にたたずんだ。おすべらかしに結った髪が海風にたなびき、海面の煌めきにわずかに眉間に皺が刻まれている。

「文代殿、いや、お方さま、よくぞおいでくださいました」

源之助が文代の背後にそっと立った。

文代は振り返り、端然とした笑みを浮かべる。

「蔵間さまから書状を頂戴し、来るべきかどうか迷ったのです。ですが、来なければならないと思いました。やはり、蔵間さまはお見通しであられたのですね」

「あなたさまですね。咲江さまを斬ったのは」

文代はそれには答えず、浜辺にしゃがむと寄せる波を右の手ですくった。

「咲江さまもこうして波と戯れておられましたね」

「そうでしたな」

波と戯れる咲江の姿が脳裏に浮かんでくる。

「可愛らしいお方でした」

咲江はぽつりと言った。それからすっくと立ち上がり、

「咲江さまはとても可愛らしいお方でした。そして、大変に欲の深いお方でした。なんでも欲しがりました。たとえ、人の物であろうと……。いえ、人の物であればこそと言えるかもしれません。わたくしの簪や手鏡。大して高価な物でもなく、取り立てて美しくもないのに、咲江さまはわたしが持っていると興味を示された。人の持ち物が欲しくなるご気性でした」

「浦河殿も、ですか」

「浦河さまがわたくしの許嫁と知るや、咲江さまは浦河さまに色目を使われました」

文代の声は冷めていた。

「あの日、先君宗盛さまが信濃屋に忍んで来られ、お帰りになられてから、わたくしは咲江さまに浦河さまとの関係を断つことをお願いしたのです」

と、言ってから文代は小さく首を横に振った。

「いいえ、お願いするつもりはありませんでした。お願いしたところで、お聞き入れになるはずはありません」

「大刀を手に咲江さまの寝所に入られたのですね」

「殿さまが忘れていかれた大刀です」

文代は大刀を手に咲江と対した。許嫁を寝取られた文代を嘲《あざけ》る咲江に怒りの刃を向けたのである。

「浦河殿を下手人に仕立てたのは、浦河殿も憎くなったということですか」

「それもあります。信濃屋重左衛門に勧められました」

重左衛門は桂木家家老吹越光太夫から老中津坂丹後守を紹介され、宗盛から盛貞に乗り換えることにした。咲江を取り込み、吹越に協力したのだ。

「吹越さまは浦河殿を捨石にするつもりだったのではございませんか。桂木家の改革を断行させること、すなわち、批判の矢面に立たせた。批判が高まったところで浦河殿には責任を取らせるつもりだった。その際、咲江さま殺しは格好の理由となる、そうですな」

「重左衛門に浦河さまを見かけたことにしようと持ちかけられた時、わたくしは承諾しました」

「盛貞さまの側室の座を望んでおられたのですか」

「いいえ……。信じてくださらないかもしれませんが、そんな気持ちはありませんでした。浦河さまを殺めたのは我を失っていました。吹越さまは、いずれ浦河を切腹に追い込むと申しておられたのです。ですが、わたくしは自分の手で始末をつけたかった。どうしても……」

文代は眩しげに海面を眺めやった。

雲の間から覗く空は霞なく青ずんでいる。波の音と海鳥の鳴き声が浜辺を覆っていた。

源之助は踵を返すとゆっくりと歩き去った。

五

卯月の十五日。

源太郎と美津の結納が交わされることになった。朝から蔵間家は慌ただしい一日を迎えている。源之助と源太郎は裃《かみしも》に着替え、廻り髪結いの手で入念に月代、髭が剃られた。

久恵はにこやかに結納の品々を整えている。居間には昆布、小袖と帯、金銀の末広、鯛、するめ、鳥、海老、貝、鰹、そして、酒樽が用意された。これらの品々を矢作家に持って行く。

「晴れてよかったですわ」

梅雨入りをして、天気が気がかりだったが幸いにして晴れた。源之助は縁側に座り空を見上げた。爽やかな風が吹き、明るい陽射しが若葉に降り注いでいる。ふと、海を見やる文代を思い出した。

あれから間もなく、文代は尼寺に入ったそうだ。理由は明らかにされていない。信濃屋重左衛門は幕府発注の材木入れ札の際、不正を働いたことが発覚し、闕所《けっしょ》の上、江戸追放となった。重左衛門がどのような不正をしたのかも明らかにはされなかった。ただ、重左衛門は上方《かみがた》で再起をはかるということだ。再起するに当たって、三河屋徳三郎から大金が贈られたそうだ。噂では五百両もの金だという。徳三郎は材木問屋仲間から餞別を募ったということだったが、それで五百両もの金になるとは信じられない。きっと、イカサマ博打で得た金を返したのだろうとは京次の憶測だ。

いずれにしても、桂木家の騒動はこれで落着を見た。得をしたのは、老中津坂丹後守ということになろうか。盛貞を藩主に擁立した吹越光太夫なのか。

「どうでもいいか」

最早、源之助には関わりのないことだ。

やはり、大名家の御家騒動になど首を突っ込むべきではなかった。山波平蔵の忠告を聞くべきだった。

そんな後悔が胸を過《よぎ》って後、

——いや——

好奇心に勝るものはない。好奇心を持ち続ける限り老いることはないのだ。

「源太郎、粗相のないようするのですよ」

「わかっております」

「髷が曲がっておりますよ」

「そんなことはございません。廻り髪結いに整えてもらったのですから」

「それから、自分でいじったのでしょう。手鏡を見て直しなさい。みっともないですよ」

背後で息子の世話を焼く久恵はいつになく生き生きとしていた。母親としての喜びを嚙み締めているのだろう。

ふと、足元を眺めやる。

真新しい雪駄が二つ並べてある。善右衛門が祝いにと届けてくれた。右は普通の雪駄、左は鉛の板を敷いた雪駄。

「行くぞ」

源之助は迷うことなく左の雪駄を履いた。

このところ履いていなかったため、足には負担がかかるが、心地良い重みだ。大地をしっかりと踏みしめている気がする。

――まだまだ、隠居はせんぞ――

心に誓う源之助だった。

時代小説

二見時代小説文庫

青嵐《せいらん》を斬《き》る　居眠《いねむ》り同心《どうしん》　影御用《かげごよう》10

著者　早見《はやみ》　俊《しゅん》

発行所　株式会社　二見書房
東京都千代田区三崎町二―一八―一一
電話　〇三―三五一五―二三一一［営業］
〇三―三五一五―二三一三［編集］
振替　〇〇一七〇―四―二六三九

印刷　株式会社　堀内印刷所
製本　ナショナル製本協同組合

落丁・乱丁本はお取り替えいたします。
定価は、カバーに表示してあります。

 ISBN978－4－576－13040－8
http://www.futami.co.jp/

居眠り同心 影御用 源之助 人助け帖
早見俊［著］

凄腕の筆頭同心がひょんなことで閑職に……。暇で暇で死にそうな日々に、さる大名家の江戸留守居から極秘の影御用が舞い込んだ。新シリーズ第1弾！

朝顔の姫 居眠り同心 影御用2
早見俊［著］

元筆頭同心に御台所様御用人の旗本から息女美玖姫探索の依頼。時を同じくして八丁堀同心の不審死が告げられた。左遷された凄腕同心の意地と人情。第2弾！

与力の娘 居眠り同心 影御用3
早見俊［著］

吟味方与力の一人娘が役者絵から抜け出たような徒組頭次男坊に懸想した。与力の跡を継ぐ婿候補の身上を探れ！「居眠り番」蔵間源之助に極秘の影御用が…！

犬侍の嫁 居眠り同心 影御用4
早見俊［著］

弘前藩御馬廻り三百石まで出世した、かつての竜虎と謳われた剣友が妻を離縁して江戸へ出奔。同じ頃、弘前藩御納戸頭の斬殺体が江戸で発見された！

草笛が啼《な》く 居眠り同心 影御用5
早見俊［著］

両替商と老中の裏を探れ！北町奉行直々の密命に居眠り同心の目が覚めた！同じ頃、母を老中の側室にされた少年が江戸に出て…。大人気シリーズ第5弾

同心の妹 居眠り同心 影御用6
早見俊［著］

兄妹二人で生きてきた南町の若き豪腕同心が濡れ衣の罠に嵌まった。この身に代えても兄の無実を晴らしたい！血を吐くような娘の想いに居眠り番の血がたぎる！

殿さまの貌《かお》 居眠り同心 影御用7
早見俊［著］

逆袈裟魔《ぎゃくげさま》出没の江戸で八万五千石の大名が行方知れずとなった！元筆頭同心で今は居眠り番と揶揄される源之助のもとに、ふたつの奇妙な影御用が舞い込んだ！

信念の人 居眠り同心 影御用8
早見俊［著］

元筆頭同心の蔵間源之助に北町奉行と与力から別々に二股の影御用が舞い込んだ。老中も巻き込む阿片事件！同心の誇りを貫き通せるか。大人気シリーズ第8弾

惑《まど》いの剣 居眠り同心 影御用9
早見俊［著］

元筆頭同心で今は居眠り番、蔵間源之助と岡っ引京次が場末の酒場で助けた男は、大奥出入りの高名な絵師だった。これが事件の発端となり…。シリーズ第9弾

憤怒の剣 目安番こって牛征史郎
早見俊［著］

直参旗本千石の次男坊に将軍家重の側近・大岡忠光から密命が下された。六尺三十貫の巨軀に優しい目の快男児・花輪征史郎の胸のすくような大活躍！

誓いの酒 目安番こって牛征史郎2
早見俊［著］

大岡忠光から再び密命が下った。将軍家重の次女が輿入れする喜多方藩に御家騒動の恐れとの投書の真偽を確かめよという。征史郎は投書した両替商に出向くが…

虚飾の舞 目安番こって牛征史郎3
早見俊［著］

目安箱に不気味な投書。江戸城に勅使を迎える日、忠臣蔵以上の何かが起きる……。将軍家重に迫る刺客！征史郎の剣と兄の目付・征一郎の頭脳が策謀を断つ！

雷剣の都 目安番こって牛征史郎4
早見俊［著］

京都所司代が怪死した。真相を探るべく京に上った目安番・花輪征史郎の前に驚愕の光景が展開される…。大兵豪腕の若き剣士が秘刀で将軍呪殺の謀略を断つ！

父子の剣 目安番こって牛征史郎5
早見俊［著］

将軍の側近が毒殺された！居合わせた征史郎に嫌疑がかけられる！この窮地を抜けられるか？元隠密廻り同心と倅の若き同心が江戸の悪に立ち向かう！